D1224557

LE MASQUE
DE
MANDRAGORE

DANS LA MÊME COLLECTION

N° 1 Terrance Dicks
Le docteur Who entre en scène

N° 2 David Whitaker
Les croisés

N° 3 David Whitaker
Les Daleks

N° 4 Terrance Dicks
Les Daleks envahissent la Terre

N° 5 Terrance Dicks
Le cerveau de Morbius

à paraître

N° 7 Terrance Dicks
L'abominable homme des neiges

N° 8 Terrance Dicks
Méglos

PHILIP HINCHCLIFFE

LE MASQUE
DE
MANDRAGORE

traduit de l'anglais par
Richard D. Nolane

adapté par
Corine Derblum

ÉDITIONS GARANCIÈRE
Jean-Paul BERTRAND
Éditeur

Titre original :

Dr WHO AND THE MASQUE OF MANDRAGORE

© The Paperback Division of W. H. Allen and Co. Ltd, a Howard and Wyndham Company, 44 Hill Street, London W1X 8LB, 1977
Novelisation copyright © Philip Hinchcliffe, 1977
Original script copyright © Louis Marks, 1976
« Doctor Who » series copyright © British Broadcasting Corporation 1976, 1977
© Éditions Garancière, 1987 pour la version française
ISBN : 2-7340-0219-1

Diffusé pratiquement sans interruption par la BBC depuis 1963, la série du Docteur Who a peu à peu envahi le monde et fait de son héros un personnage légendaire aux côtés de Tarzan et de Sherlock Holmes.

Le Docteur Who est un Seigneur du Temps, un extraterrestre excentrique qui a choisi une apparence humaine qu'il est parfois contraint, selon les circonstances, de remodeler.

Accompagné d'humains, d'extraterrestres, et même d'un chien-robot imperturbable, il voyage dans un astronef bizarre camouflé en... cabine téléphonique, le TARDIS, mais celui-ci est peu fiable et pratiquement impossible à diriger avec précision. Ce sont d'ailleurs ses errements spatio-temporels qui vont souvent obliger le Docteur Who à affronter avec un humour et un flegme très britanniques d'incroyables et périlleuses aventures aux quatre coins de l'Espace et du Temps.

Sans conteste, la meilleure réussite du genre, avec la Quatrième Dimension !

« La plus grande série TV de Science-Fiction jamais réalisée. »

LA SPIRALE DE MANDRAGORE

C'était en 1492, dans une principauté reculée du nord de l'Italie. Une poignée de paysans en haillons suaient et s'épuisaient à tirer une charrette de foin jusqu'en haut d'un chemin en pente. Des années de dur labeur avaient ridé leurs visages mais leur bonne humeur naturelle apparaissait intacte dans les innombrables jurons et plaisanteries qu'ils ne cessaient de se renvoyer entre eux.

Ils atteignirent enfin le sommet de la colline et s'arrêtèrent pour reprendre leur souffle. Soudain, l'air fut rempli du martèlement de sabots de chevaux et une troupe d'hommes d'armes apparut, casques et cuirasses luisant au soleil. Ils entourèrent rapidement les paysans sans défense. L'un d'eux brandit une torche enflammée et la jeta, avec un sourire sinistre, dans la charrette. L'herbe sèche s'embrasa d'un coup. Terrifiés, les paysans se mirent à hurler et à s'enfuir dans toutes les directions. Les cavaliers leur laissèrent gagner un peu de terrain avant de tirer leurs épées et de se lancer à leur poursuite. A chaque fois qu'un des paysans était rejoint, il se faisait impitoyablement massacrer.

La tuerie dura plusieurs minutes jusqu'à ce que s'élève une voix dure.

9

« Laissez-en quelques-uns s'enfuir, Capitaine, qu'ils puissent raconter comment on s'occupe des insurgés ici ! »

Le Capitaine salua et rappela ses soldats. L'homme qui avait donné l'ordre chevauchait un majestueux étalon couleur d'ébène. Il portait de riches vêtements, preuve qu'il faisait partie des puissants de ce monde, consistant en une tenue de chasse de velours rouge et un manteau de soie noire. Mais cette élégance extérieure était gâchée par ses traits aussi laids que brutaux : des paupières lourdes, des yeux sombres et glacés, un nez en bec de vautour et une bouche affichant en permanence un sourire mauvais.

Apparemment satisfait par ce bain de sang et ce carnage, il fit faire demi-tour à sa monture et l'éperonna sauvagement dans les côtes. L'animal partit au galop, laissant en arrière les autres cavaliers, qui s'empressèrent immédiatement de le suivre.

« Place ! Place au Comte Federico ! »

Les troupes montées passèrent les portes de la cité dans un bruit de tonnerre, dispersant tout devant elles, et poussèrent jusqu'à la cour du palais. Le Comte sauta à terre, lança un rapide regard en direction d'une grande fenêtre fermée, puis pénétra dans le palais.

Derrière les persiennes se jouait un drame. Le vieux Duc de San Martino — souverain redouté mais juste — était en train de mourir. Tous ses courtisans se tenaient, graves et respectueux, autour de son lit de mort. Près de l'oreiller du vieillard, dont il serrait la main osseuse, un jeune homme était agenouillé. Âgé d'à peine vingt ans, il était d'une stupéfiante beauté, avec de longs cheveux bruns. Il était le fils et l'héritier du mourant. Le jeune prince — qui se nommait Giuliano — luttait avec bravoure pour dominer son chagrin pendant que le prêtre administrait l'extrême-onction à son père.

A quelques pas de là, observant la scène, se trouvait l'étrange silhouette de Hieronymus, l'astrologue de la cour. Il ne cessait de lancer tout autour de la pièce des regards d'oiseau de proie pris au piège. Sa longue barbe fournie, sa calotte noire et son ample manteau lui donnaient une apparence à la fois bizarre et sinistre. Même ceux qui le connaissaient bien ne pouvaient s'empêcher d'être mal à l'aise en sa présence.

Les murmures du prêtre se terminèrent brusquement. Tout était fini. Le Duc était mort. Giuliano se releva et fixa le visage de son père, toujours austère et impressionnant, même dans les ultimes instants de sa vie. Un grand jeune homme blond lui toucha le bras en signe de réconfort. C'était Marco, l'ami d'enfance et le compagnon du Prince.

« C'était un homme bon, Giuliano. Un chef juste et noble. »

Giuliano acquiesça, puis se retourna pour faire face à l'astrologue.

« Hieronymus, tu avais prédit la mort de mon père. Comment as-tu fait ?

— Tout est écrit dans les astres, répondit gravement le vieux devin. Je ne suis qu'un humble astrologue qui ne fait qu'interpréter leurs signes...

— Mais tu avais prédit le jour, et l'heure. C'est impossible ! jeta le jeune Prince incrédule, en serrant les poings.

— Lorsque Mars entre en conjonction avec

Saturne dans la septième maison, et que la lune est pleine... la mort frappe les grands de ce monde. C'est ainsi ! » ajouta l'astrologue en levant les bras au ciel avant de se détourner pour quitter les lieux.

Au moment où il atteignait la porte, le Comte Federico entra dans la pièce. Un discret regard de connivence passa entre les deux hommes, puis l'astrologue se glissa dehors.

« Je regrette que vous n'ayez pas été présent auprès de mon père dans ses derniers instants, mon oncle, fit Giuliano sur un ton mordant.

— Je suis venu le plus vite possible. Il y avait d'importantes affaires d'Etat à régler.

— Je vois. Pardonnez-moi. Je croyais que vous vous amusiez à quelque sport. »

Un éclair de colère brilla dans les yeux du Comte.

« Il y a eu des troubles parmi les paysans, et ils avaient besoin d'une bonne leçon, dit-il en faisant claquer sur sa cuisse des petits coups de sa cravache.

— Mais n'est-ce pas là votre sport favori, mon oncle ? » dit Giuliano avec un sourire sarcastique.

Le Comte lança un regard noir à son neveu, tourna les talons et sortit avec dignité.

« Vous êtes en colère, monseigneur, fit Marco d'un ton apaisant, mais n'en veuillez pas à votre oncle... pas maintenant. N'oubliez pas que c'est un homme fort et brutal », continua-t-il à voix basse.

Giuliano se redressa fièrement et une expression noble et sévère s'afficha sur son visage.

« Je suis le Duc, maintenant. Je veux régner sur un pays d'où seront bannies la tyrannie, l'ignorance aveugle et la superstition que prêche ce vieux fou de Hieronymus. Ce ne sont pas les étoiles qui doivent décider de notre destin, mais nous-mêmes !

— Cependant, répondit Marco avec un hochement de tête, tout cela est bien extraordinaire. Votre père était en bonne santé et pourtant, il a été terrassé d'un coup... Et Hieronymus l'avait parfaitement prédit... »

Bien loin de là, au fond du tourbillon spatio-temporel, un étrange appareil bleu clignotait et luisait tel un trait de lumière. Ce vaisseau, d'environ deux mètres cinquante sur un mètre, avait une forme étrange de parallélépipède, et se trouvait surmonté d'une petite lampe blanche. Son aspect aurait paru énigmatique et incongru à n'importe qui dans l'Univers, sauf à des Terriens vivant dans la seconde moitié du xxe siècle. En effet, ceux-ci auraient facilement reconnu là une très ordinaire cabine téléphonique réservée aux appels destinés à la police londonnienne. Et encore, ils auraient été induits en erreur. En effet, l'intérieur du vaisseau était infiniment plus grand que l'extérieur, sans compter qu'il n'avait absolument plus rien à voir avec une cabine téléphonique. En fait, il ressemblait surtout à un astronef des plus sophistiqués, ce qu'il était en réalité. Un vaisseau qui traversait l'Espace et le Temps ! Et ses mécanismes internes renfermaient un secret qui avait échappé à un nombre infini de civilisations depuis l'apparition même de la vie dans l'Univers.

Le propriétaire de l'appareil paraissait, lui, parfaitement à l'aise dans cette machine grandiose et se lamentait souvent quand elle ne fonctionnait pas comme prévu. Au moment qui nous intéresse, il se déplaçait d'un air affairé le long d'un des corridors blancs et brillamment éclairés qui partaient de la salle de contrôle principale. C'était un homme de haute taille, aux cheveux bouclés, d'un âge indéterminé et dont le regard bleu pétillait de malice. Il était bizarrement vêtu d'un pantalon de tweed et d'une longue redingote de velours rouge. Une grande écharpe en laine multicolore s'enroulait autour de son cou et traînait sur le sol derrière lui.

La jolie jeune femme qui l'accompagnait ne cessait de le questionner. Sarah Jane Smith était journaliste à Londres quand elle avait rencontré pour la première fois le Docteur plusieurs années plus tôt, lors d'une de ses visites sur Terre. Depuis, elle avait partagé avec lui d'autres aventures et pensait désormais bien le connaître, même si le Docteur ne cessait jamais de la surprendre par quelque nouveauté inattendue. C'était, par exemple, la première fois qu'il lui permettait d'explorer réellement l'intérieur du TARDIS.

Fascinée, elle contemplait les murs blancs et les étranges figures hexagonales qui les recouvraient. La lumière qui en irradiait avait quelque chose de surnaturel.

« Je n'étais jamais venue ici..., dit-elle avec admiration.

— Un jour, je vous ferai faire le tour détaillé du propriétaire, répondit le Docteur. A condition que je me souvienne du chemin. »

Il s'arrêta alors près d'une ouverture. Sarah y jeta un coup d'œil et découvrit une grande pièce, entièrement vide à l'exception d'une paire de chaussures posée au beau milieu du sol.

« Qu'est-ce que c'est ?

— Un placard à chaussures. Rien de bien passionnant », fit le Docteur en poussant un bouton pour refermer la porte.

Sarah fronça les sourcils.

« Dites, Docteur...

— Mmmmm ?

— Quelle taille fait réellement le TARDIS ?

— Qu'est-ce qu'on entend par « taille » ? dit le Docteur avec un haussement d'épaules. Les dimensions sont relatives, vous comprenez ? Rien n'est constant, ajouta-t-il tout en continuant à marcher.

— Ce n'est pas une réponse. »

Le Docteur s'arrêta et se retourna.

« D'accord. Quelle taille faites-vous, à votre avis, en ce moment même ? »

Sarah se redressa de toute sa hauteur, qui n'était guère imposante.

« Un mètre soixante.

— Bah ! renifla le Docteur. Les mesures n'existent pas dans l'Infini. Vous les humains, vous êtes si étroits d'esprit que je me demande franchement pourquoi je m'intéresse à vous. »

Il s'éloigna. Sarah ne savait pas s'il était vraiment fâché. Elle allait lui dire qu'il était inutile de s'énerver quand son attention fut attirée par un renfoncement dans la paroi. Elle pressa un bouton et le mur s'effaça pour découvrir une autre pièce.

« Hé, qu'est-ce que c'est ? »

A l'intérieur, tout était sombre et poussiéreux. Les murs étaient lambrissés comme ceux de la salle de contrôle, mais d'acajou et non de bois blanc. Au centre de la pièce se dressait une console hexagonale, version plus petite et plus ancienne de celle que connaissait Sarah.

« Ceci est le centre de contrôle secondaire, dit le Docteur en s'encadrant dans la porte. D'ici, je peux diriger le TARDIS aussi facilement que de l'autre salle. (Il réfléchit un instant.) Il me revient d'ailleurs à l'esprit que celle-ci est en fait la *principale*. Voyons voir... »

Il joua avec certains commutateurs colorés de la console. Il y eut un bourdonnement et une section de mur s'évanouit pour révéler un écran de contrôle. Celui-ci montra un tourbillon d'étoiles formant une gigantesque spirale. Au même instant le TARDIS se mit à osciller et à trépider.

« Oh là là ! fit tristement le Docteur.

— Quelque chose qui ne va pas ?

— C'est la Spirale de Mandragore ! Je croyais qu'on l'avait évitée. J'aurais mieux fait de ne pas prendre de raccourci par des sections inconnues du Vortex ! (Il se mit à frapper la console du poing.) Il n'y a plus qu'à espérer que notre force de propulsion résistera à son attraction !

— Qu'est-ce que c'est que cette Spirale de Mandragore, Docteur ? fit Sarah, les sourcils froncés.

— Une spirale d'énergie pure irradiant suivant un processus que nous ne comprenons pas parfaitement. La seule chose dont nous sommes sûrs, c'est qu'elle est contrôlée par une intelligence tapie en son centre.

— Une intelligence ? Vous voulez dire, un être vivant ?

— Vivant ? Oui, dans un sens. Mais on n'a rien pu établir de plus précis à son sujet. »

Les secousses se faisaient de plus en plus violentes et un bruit déchirant éclata autour d'eux.

« Elle nous aspire !

— Il va falloir que nous foncions droit dedans en espérant atteindre l'autre bord ! » cria le Docteur tandis que le bruit s'amplifiait encore.

Sarah tituba. Le son déchirant devenait insupportable.

« Ça me rentre dans la tête ! cria la jeune femme.

— Concentrez-vous, Sarah ! Fixez votre attention sur quelque chose... N'importe quoi !

— Je n'y arrive pas !

— Récitez l'alphabet à l'envers. Allez ! Z... Y... X... »

Sarah se boucha les oreilles avec les mains et se força à la concentration.

« ... W... V... U... T... »

La salle se mit à virer sur elle-même, à culbuter. Ils étaient maintenant dans l'œil de la Spirale, plongeant de plus en plus vite vers la base du tourbillon. Le bruit évoquait les cris de tourment des âmes damnées. Le Docteur luttait avec les instruments de contrôle mais les violents dérapages du TARDIS finirent par l'envoyer rouler sur le sol. La salle parut se déformer tel un reflet distordu d'elle-même et la note discordante s'intensifia jusqu'à devenir un véritable supplice.

Puis, la sensation s'évanouit soudain et tout redevint calme.

« ... F... E... D... C... B... A ! s'exclama Sarah en ouvrant triomphalement les yeux.

— Rien de cassé ? dit le Docteur, toujours à terre, en lui souriant.

— Je ne crois pas. Sommes-nous arrivés ?

— Arrivés où ?

— Où nous devions aller. »

Le Docteur se redressa avec peine et examina la console :

« Difficile à dire. Le redresseur de l'astrosextant s'est déphasé. A part ça rien de grave. (Son visage

17

s'épanouit en un large sourire) Je vais juste faire un saut dehors et voir où on est. Restez ici. »

Le Docteur descendit du TARDIS, et jeta un regard autour de lui. Ils avaient atterri au cœur d'un cercle de cristaux hauts comme des montagnes et qui paraissaient tenir en l'air par magie. Puis le Docteur se rendit compte que, au-delà de ce premier cercle de cristaux, il y en avait un deuxième, un troisième, un quatrième et ainsi de suite, jusqu'à l'infini. Et impossible de savoir à quelle distance il s'en trouvait car, si à un moment, il avait l'impression de pouvoir les toucher, la seconde suivante ils lui semblaient aussi éloignés qu'une lointaine chaine de montagnes et le TARDIS n'était plus qu'une petite tache sur la plaine miroitante qui s'étendait entre eux.

« Je commence à comprendre ce que vous vouliez dire en parlant de dimensions relatives, fit une voix à côté de lui.

— Je croyais vous avoir dit de rester... »

Mais avant que le Docteur eût terminé sa phrase, Sarah s'accrocha à sa manche.

« Chut ! Qu'est-ce que c'est que ce bruit ? »

Un grondement tumultueux approchait vers eux à la vitesse d'un ouragan, et l'angoisse se peignit sur le visage du Docteur.

« L'Energie de Mandragore ! souffla-t-il. Vite, à terre ! »

Il entoura Sarah du bras et la tira à l'abri derrière un des coins du TARDIS. L'air s'enflamma et une boule de lumière éclatante les enveloppa ainsi que le TARDIS. Puis, elle s'évanouit aussi vite qu'elle était venue et le hurlement aérien décrut au loin.

« Cela aurait pu vraiment mal tourner, dit tranquillement le Docteur. Venez. Je crois qu'il vaudrait mieux vider les lieux. (Il s'arrêta.) A condition qu'on nous en laisse le loisir. »

Il propulsa Sarah dans l'ouverture du TARDIS et referma la porte.

Quelques secondes plus tard, la familière lumière blanche se mit à clignoter et le TARDIS se dématérialisa. A l'instant où il disparaissait, l'écho gigantesque d'un rire triomphal parcourut les montagnes de cristaux, avec la puissance d'un coup de tonnerre.

CHAPITRE II

LES FRÈRES DE DEMNOS

« Il m'irrite au plus haut point ! Il n'y a plus que lui entre le titre de Duc et moi ! »

Le Comte Federico venait de cracher ces mots venimeux en traversant la chambre de Hieronymus, l'astrologue de la cour. La pièce était petite et sombre, remplie de vieilles cartes, d'astrolabes, de livres anciens et de bouteilles de potions... tout le bric-à-brac habituel de l'astromancie. Hieronymus était en train de surveiller une substance nocive, qui bouillonnait dans un gros chaudron de cuivre.

« Vous voulez parler de Giuliano, votre neveu ? répondit le rusé devin tout en sachant parfaitement ce que le Comte avait en tête.

— Oui, bien sûr ! Dans combien de temps va-t-il mourir ? »

Hieronymus continua à remuer sa décoction, et répondit :

« Il vous faudra vous armer de patience...

— J'ai déjà été assez patient comme ça, renifla le Comte. Maintenant, le Duché est à portée de ma main, renchérit-il en fermant son poing ganté.

— Cependant, continua le sorcier, cauteleux, toutes ces morts en si peu de temps... et toutes si soudaines...

« — Mais tu as dit toi-même que c'était écrit dans les astres, dit le Comte, un sourire dédaigneux aux lèvres. Ne me dis pas que tu doutes de tes propres prophéties ? »

Un éclair de colère traversa les yeux du sorcier.

« Giuliano est intelligent. Il pourrait avoir des soupçons.

— Raison de plus pour se dépêcher ! Un jour... deux, au plus tard. As-tu toujours du poison ? »

Hieronymus ne répondit pas. Il traversa la pièce jusqu'à la double fenêtre et regarda au-dehors, les yeux perdus dans le vague.

« Bon, qu'est-ce qui ne va pas ? s'impatienta le Comte.

— Ces dernières semaines, à l'approche du solstice d'été, il m'est arrivé de sentir... Mais vous ne comprendriez pas, fit Hieronymus en se retournant.

— Continue !

— J'ai eu l'impression que mes pouvoirs s'amplifiaient, comme si j'avais été choisi pour voir l'avenir.

— Ha ! se moqua le Comte. L'exactitude de tes récentes prédictions t'est montée à la tête...

— On ne se moque pas des astres ! s'écria l'astrologue, d'un ton véhément.

— Pas plus que de moi ! tonna le Comte. Dresse ton horoscope, devin. Le jeune Duc Giuliano mourra subitement dans deux jours. Je m'occupe du reste ! »

Et il quitta la pièce, en proie à une vive colère.

Perdu dans ses pensées, Hieronymus joua un moment avec sa barbe avant de retourner près de la fenêtre. Et, alors qu'il fixait les cieux, un coup de tonnerre les traversa, comme un signe des dieux.

Le Docteur ouvrit la porte du TARDIS et jeta un regard dehors.

« Voilà qui est bizarre. Un atterrissage forcé... »

Ils étaient apparemment coincés dans un immense taillis surplombant une pente.

« Vous voulez dire que vous ne contrôliez rien ? » s'enquit Sarah avec douceur, sachant combien le Docteur était susceptible sur ce point.

Le Docteur fronça les sourcils et sortit. Sarah le suivit avec quelque difficulté.

« C'est un endroit plutôt plaisant, dit-elle lorsque ses pieds touchèrent enfin le sol et qu'elle put regarder autour d'elle. Ooh, du raisin ! » s'exclama-t-elle en commençant son exploration.

Ils avaient atterri dans un vignoble à flanc de coteau. Le climat était chaud et ensoleillé. Sarah se remplit la bouche de raisin avec un plaisir évident.

« Délicieux ! Et il y a des pêches là-haut », ajouta-t-elle en grimpant la pente.

Le Docteur ne parut pas l'entendre.

« Peut-être était-ce pour cela que j'avais cessé d'utiliser l'ancienne salle de contrôle, murmura-t-il pour lui-même, intrigué, avant de laisser le problème de côté pour examiner les alentours.

Un morceau de verre sur le sol, à quelques pas de là, attira son attention. Il se pencha pour l'étudier.

« Mmmm. Terre. Bassin méditerranéen. Fin du XVe siècle italien. (Il le jeta.) Une époque guère plaisante. Il va falloir que nous partions. »

Il se releva et chercha Sarah des yeux. Elle était invisible.

« Sarah, où êtes-vous ? »

La voix du Docteur ne parvint que faiblement à Sarah, qui était en train de ramasser des pêches. La jeune femme fit une petite grimace et évita de répondre.

A moins de dix pas de là, trois personnages encapuchonnés et en robes noires suivaient avec attention le moindre de ses gestes. Inconsciente du danger, Sarah se rapprochait petit à petit de la cachette de ceux qui l'observaient. Elle commençait à chantonner quand elle entendit un bruit.

« Est-ce vous, Doct... »

Les mots se figèrent sur ses lèvres à la seconde où les assaillants encapuchonnés se précipitèrent sur elle. Avant qu'elle ait eu le temps de parler, l'un d'eux écrasa une grosse main sur sa bouche. L'instant d'après, elle se retrouva emportée sans ménagement au travers des taillis. Elle tenta de se débattre mais la main qui lui couvrait la bouche l'empêchait de respirer. Elle sentit ses poumons prêts à éclater et le sang lui monta à la tête.

Ils devaient avoir à peine parcouru une centaine de mètres quand une voix jaillit derrière eux et leur cria de s'arrêter.

Les agresseurs de Sarah firent volte-face, pour voir s'approcher la silhouette imposante du Docteur. Le plus costaud d'entre eux se rua pour l'attaquer mais alors qu'il arrivait à sa portée, il se trouva tout à coup soulevé du sol et traça un arc gracieux dans l'air. Il atterrit rudement, avec un grognement, et roula sur le côté, apparemment inconscient.

« Et maintenant, lâchez-la ! ordonna le Docteur aux deux autres, lesquels déposèrent avec précaution le corps inerte de la jeune fille.

— Bon, écartez-vous ! »

Les deux personnages encapuchonnés obéirent.

« Bien. »

Le Docteur s'avança pour examiner Sarah. Mais,

alors qu'il se penchait, il y eut un brusque mouvement derrière lui et une lourde pierre vint s'écraser contre sa nuque. Il s'effondra comme une masse.

Le troisième homme enjamba le corps recroquevillé du Docteur et rejeta la pierre. Sans perdre de temps, et en silence, les trois personnages s'emparèrent à nouveau de Sarah et disparurent avec elle dans le bois sombre.

A cent mètres de là, le TARDIS restait solitaire et sans défense, caché seulement en partie par les vignes. Et soudain, sa porte s'ouvrit toute seule pour laisser passer une étincelante colonne de lumière rouge. Le bruit perçant qui l'accompagna surprit les oiseaux et les fit s'enfuir à tire-d'aile en piaillant. La boule de feu plana quelques secondes autour du TARDIS avant de s'engager entre les arbres, à environ un mètre du sol. Elle laissa derrière elle une trace noircie de végétation brûlée et ratatinée.

Le Docteur reprit lentement conscience et se releva avec peine. La douleur aiguë qui lui poignardait la base du crâne lui rappela bien trop clairement ce qui était arrivé. Il cria le nom de Sarah mais celle-ci, ainsi que les personnages encapuchonnés, avaient disparu. Il se demanda ce qu'il allait bien faire... Ici, tout ne semblait être que désagréables mystères.

Comme il se trouvait sur un étroit sentier conduisant à un bois épais, il décida qu'il n'avait d'autre ressource que de le suivre.

La piste courait entre des talus moussus. Elle descendait, surplombée par les arbres, sur moins d'un kilomètre avant de poursuivre à l'horizontale, jusqu'à un petit lac. Un paysan ramassait des joncs sur la rive opposée. Il en avait déjà mis une partie à sécher sur la berge et était maintenant en train de les charger à coups de fourche dans une charrette.

Le Docteur était sur le point de l'interpeller lorsqu'il entendit un étrange bruit perçant au-dessus de lui. Il leva les yeux et vit un objet ressemblant à une boule de feu écarlate, qui piquait vers le lac. La chose plongea sous l'eau, puis se dirigea vers le paysan en laissant une traînée de bulles derrière elle. Le paysan resta paralysé par la terreur. Il saisit sa fourche pour se défendre mais, avant qu'il n'ait pu agir, la boule de lumière brillante sortit de l'eau et l'enveloppa avec un grésillement.

Le tout ne prit que quelques secondes. Le Docteur se précipita vers l'endroit où s'était tenu le paysan. De ce dernier il ne restait qu'un cadavre noirci.

« L'Energie de Mandragore ! murmura le Docteur, horrifié. Elle a dû s'infiltrer dans le TARDIS ! »

Il étudia sombrement la piste d'herbe brûlée marquant le passage du projectile mortel. Il frissonna à la pensée des autres destructions que cette force maléfique et impitoyable pourrait causer. Mais, quel que puisse en être le but, un fait était irréfutable : lui, le Docteur, avait été la cause inconsciente de la mort à laquelle il venait d'assister. C'était lui qui avait introduit cette menace mortelle sur Terre. Et il n'avait, pour l'instant, aucune idée quant au moyen de la combattre.

Au palais, Giuliano était assis devant une des tables de ses appartements privés. Marco était avec lui. Au lieu des pourpoints et des hauts-de-chausses en soie qu'ils portaient habituellement, les deux hommes étaient en tenue de deuil. Le visage du jeune Prince était pâle et blême mais, de temps à autre, un éclair de vie traversait ses traits alors qu'il jouait distraitement avec des rondelles de verre. Il en prit une, qu'il inséra dans un télescope rudimentaire.

« Il y a un homme, à Florence, dit-il en regardant par l'oculaire, qui affirme qu'en disposant les pièces de verre suivant un certain sens, il serait possible de voir la lune et les étoiles aussi grosses que la main... »

Marco cessa de nettoyer son épée.

« Est-ce que ce serait une bonne chose ?

— Bien sûr. Ce serait un bon moyen d'en savoir plus sur elles. »

Marco rejeta ses cheveux blonds en arrière et eut un sourire.

« Qu'y a-t-il de plus à connaître des étoiles sinon leurs déplacements dans les cieux ? Et ça, nous le savons depuis des siècles.

— Justement, Marco ! s'exclama Giuliano, tout excité. Il se peut qu'elles ne se déplacent pas comme nous le croyons. C'est ce que dit l'homme de Florence. Peut-être est-ce *nous* qui nous déplaçons ! »

Avant que Marco eût pu répondre, la porte de la chambre s'ouvrit avec fracas. Le Comte Federico entra, suivi de Hieronymus, portant calotte et robe traînant sur le sol. L'animation de Giuliano se dissipa immédiatement.

« Il est de coutume de frapper avant d'entrer, mon oncle, dit-il froidement.

— Je regrette, répondit Federico, sans le paraître du tout. Mais j'apporte de bien mauvaises nouvelles, Giuliano. »

L'espace d'un instant, le jeune Duc parut terrifié.

« Quoi ! Qu'est-il arrivé ?

— Dis-lui », répondit Federico en poussant en avant le devin.

Hieronymus s'inclina obséquieusement.

« Messire, pardonnez-moi. Ce n'est pas ma faute, mais... ce matin, j'ai dressé un horoscope et...

— Je pensais vous avoir déjà dit que je ne croyais pas aux horoscopes ! coupa Giuliano.

— J'aurais aimé ne pas y croire, moi non plus, répondit Hieronymus en secouant la tête avec tristesse. Mais, cette fois, c'était trop évident pour qu'on l'ignore...

— Et quoi donc ?

— Je ne peux pas en parler », murmura l'astrologue, visiblement écrasé par la sombre nature de ses prémonitions. Giuliano commença à saisir ce que cachait cette charade.

« Ma mort, hein ? se moqua-t-il.

— Je vous en prie, monseigneur. Ne prenez pas ces choses à la légère », dit Hieronymus, dont le visage affichait une expression douloureuse.

Il se pencha et prit le bras de Giuliano.

« Je vous demande de ne quitter ce palais sous aucun prétexte. Ne prenez aucun risque. Peut-être pourrons-nous éviter... le pire », conclut-il en fixant le jeune Duc droit dans les yeux.

Giuliano ne parut pas s'émouvoir.

« Je n'ai pas l'intention de sacrifier ma vie pour satisfaire je ne sais quelle vieille superstition insensée. »

Hieronymus jeta un bref coup d'œil à Federico. Le Comte avança. Son grand nez et ses cheveux aile de corbeau jaillissaient de sous un grand chapeau de velours noir, ce qui le rendait plus sinistre que jamais.

« Rappelez-vous votre père, Giuliano. Lui aussi se moquait.

— Je me souviens de ce qui lui est arrivé, répliqua le jeune Duc, les lèvres serrées. Sa mort reste très mystérieuse. Elle n'a rien à voir avec les astres, j'en suis certain, lança-t-il en fixant Federico d'un regard accusateur, jusqu'à ce que le Comte soit forcé de détourner les yeux.

« Et où en sont les troubles avec les paysans, mon oncle ? poursuivit Giuliano après un instant de silence, cette fois sur un ton ironique.

— Nous pensons que des espions ennemis les poussent à la révolte, déclara Federico avec un sourire froid. Mais nous les attraperons et nous leur ferons payer ça. »

Il donna un coup de cravache nerveux contre sa paume gantée et sortit de la pièce en faisant signe à Hieronymus de le suivre.

Giuliano et Marco échangèrent des regards inquiets. Il y avait de l'intrigue et de la trahison dans l'air.

Le Docteur se précipita dans le bois. Il avait abandonné l'idée absurde de vouloir poursuivre à pied l'Energie de Mandragore pour s'occuper du principal : retrouver Sarah.

Après avoir dépassé un virage du sentier, il tomba sur un groupe de paysans en train de se reposer sous un arbre. Il tira une pêche de sa poche et, tout en mordant dedans, s'approcha d'eux d'un air décontracté.

« Pardonnez-moi. Je suis un voyageur étranger à ce pays et je me demandais si, par hasard, vous n'aviez pas aperçu... »

Il s'arrêta net en voyant la panique qui venait

d'envahir soudain leurs visages. En un éclair, les paysans ramassèrent toutes leurs affaires et s'enfuirent dans les profondeurs du bois, le laissant seul. La raison de cette fuite s'expliqua rapidement lorsqu'une troupe armée apparut et encercla le Docteur. Les soldats étaient tous vêtus d'une livrée pourpre et jaune.

Leur capitaine, un homme puissamment bâti arborant une cicatrice sur la joue droite, s'adressa au Docteur d'une voix rude :

« Qui es-tu ?

— Un voyageur.

— Qui vient d'où ?

— Mon cher, j'ai bien peur que vous ne me croiriez pas si je vous le disais, fit le Docteur en souriant. Cela dit, n'auriez-vous pas aperçu une jeune fille ? Elle mesure dans les un mètre soix...

— Silence ! gronda le capitaine.

— ...ante et doit avoir le menton dégoulinant de jus de pêche... »

Le capitaine fit jaillir son épée et la pointa sur la gorge du Docteur.

« Ma patience a des limites, chien ! Qui es-tu ?

— Vous voulez savoir qui je suis ? Mais, certainement. Voulez-vous bien me tenir ça un instant ? » continua le Docteur en détournant l'épée et en piquant sa pêche à la pointe de celle-ci.

Le capitaine, sidéré, resta sans voix.

« Je crois que vous allez trouver certains de mes papiers plutôt intéressants, dit le Docteur en farfouillant dans ses poches, desquelles il tira une crécelle, qu'il fixa avec une vague surprise. C'est fou ce qu'on peut avoir sur soi... »

Et, soudain, il fit tournoyer la crécelle devant le

cheval du capitaine. L'animal se cabra, désarçon-
nant son cavalier.

« Emparez-vous de lui ! » cria le capitaine en
tentant de reprendre sa respiration.

Mais le Docteur s'était déjà mis à zigzaguer entre
les chevaux immobiles, avec la détermination d'un
lièvre poursuivi par des chasseurs. Avant que
quiconque n'ait pu bouger, il jeta un soldat à bas de
sa monture, sauta en selle et éperonna l'animal
en direction du sentier. Les autres soldats mirent
plusieurs secondes pour retrouver leurs esprits et
se lancer à sa poursuite, le capitaine balafré hurlant
des jurons sur leurs talons.

Il y avait longtemps que le Docteur n'avait pas fait
de cheval. Par bonheur, la bête était puissante et
assurée, ce qui leur permit de distancer petit à petit
leurs poursuivants. Le Docteur n'avait aucune idée
de sa destination. A un moment donné, il sut qu'il lui
faudrait quitter le chemin et s'enfoncer dans les bois
s'il voulait semer définitivement les soldats.

Il dépassa un virage et parvint à un embranche-
ment. A gauche, un groupe important de soldats,
eux aussi vêtus de jaune et de rouge, venait à sa
rencontre. Il fit virer son cheval et piqua en direction
de la voie libre. Et ne s'aperçut que trop tard que
c'était un piège. Au-dessus de sa tête, dissimulés
dans un arbre de belle taille, deux soldats s'apprê-
taient à fondre sur lui. Au moment où le cheval
passait en dessous, ils se laissèrent tomber de tout
leur poids sur le dos du Docteur et le jetèrent au sol.
Le Docteur poussa un cri de douleur quand sa tête
heurta une pierre pointue. Le choc le fit basculer
dans l'inconscience et il resta immobile alors que le
capitaine et son escorte arrivaient sur les lieux.

Le capitaine eut un grognement de satisfaction en voyant le corps prostré du Docteur.

« Attachez-moi ce chien avant qu'il revienne à lui ! ordonna-t-il. Le Comte Federico se fera un plaisir de l'interroger ! »

Sarah se réveilla ligotée et bâillonnée. Deux hommes la transportaient au travers d'un labyrinthe aux murs de pierre noire. Elle devina que c'était un souterrain car l'air était humide et froid et que la seule lumière était celle dispensée par des torches accrochées à intervalles réguliers. Elle comprit qu'elle avait dû perdre conscience quand les personnages encapuchonnés l'avaient à moitié étouffée dans les bois. Elle n'avait aucune idée de la distance parcourue, sans compter qu'elle n'avait pas vu le visage de ses ravisseurs, lesquels s'ingéniaient à bien maintenir en place leurs capuchons, à la manière de moines.

Ils pénétrèrent dans une vaste chambre souterraine ressemblant à une énorme caverne creusée à flanc de colline. D'autres silhouettes encapuchonnées formaient un demi-cercle autour d'un autel de pierre rectangulaire s'élevant au centre de la salle. L'une d'elles s'avança au moment où Sarah fut amenée. Cette fois, la jeune femme put discerner un visage, qui n'essayait d'ailleurs pas de se dissimuler. L'homme était grand, ses joues étaient creuses. Une lueur fanatique éclairait ses yeux.

« Libérez-la », dit-il.

Sa voix avait les intonations de celle d'un prêtre mais Sarah était sûre qu'il ne s'agissait pas d'une secte chrétienne. Tout cela sentait la magie et l'occultisme à plein nez.

« Où l'a-t-on trouvée ?

— Sur les flancs de la Colline des Regrets.

— A quelle heure ?

— A midi.

— Exactement comme cela avait été prédit, approuva celui qui ressemblait à un prêtre. Un visage de jeune fille sur un corps vigoureux.

— Vous pouvez laisser tomber les compliments, fit Sarah quand on lui eut retiré son bâillon. Que me voulez-vous ? »

La voix accentua son ton incantatoire.

« Il a été écrit quelque part que certains sont conscients de la raison pour laquelle ils sont choisis et que d'autres sont aussi innocents que l'agneau...

— Pardon ? répondit Sarah, qui n'avait pas très bien suivi. Vous pouvez me le refaire ?

— Mon enfant, la pureté de ton sacrifice le rendra doublement agréable au puissant Demnos, dieu des royaumes jumeaux de la lunaison et du solstice.

— Un sacrifice ? Eh, attendez une minute... »

Leurs intentions devenaient claires. Le prêtre l'ignora. Elevant la voix, il ordonna :

« Qu'elle soit apprêtée pour recevoir la lame sacrificielle ! »

Et avant que Sarah eût pu protester, les deux frères encapuchonnés l'empoignèrent par les bras et la traînèrent sur le sol de la salle.

CHAPITRE III

UNE EXÉCUTION

Le Docteur revint à lui. Son cerveau était brumeux et douloureux. Son esprit batailla pour arriver à se concentrer. On était en train de le transporter sur un sol de marbre lisse. Les bruits se répercutaient en échos comme dans un long couloir. De temps à autre, son épaule frôlait un pilier de pierre et l'idée lui vint qu'il se trouvait dans une sorte de palais.

Ses agresseurs s'immobilisèrent devant deux lourdes portes ciselées, lesquelles s'ouvrirent alors comme par magie. Ils entrèrent dans une grande salle d'apparat richement meublée. Un personnage imposant, flanqué de gardes en livrée pourpre, trônait en son centre. Il était vêtu d'élégantes robes d'hermine et de soie et le chapeau de velours noir qui le coiffait accentuait la brutalité de son visage. Le Docteur remarqua le nez en bec de vautour et la bouche aux lèvres fines. Il se dit alors que ce n'était pas le genre de personne qu'il pourrait prendre en sympathie.

« Voici l'homme, messire, dit une voix près du Docteur au moment où il fut jeté en avant, voix qui appartenait au capitaine balafré.

— C'est donc lui ! fit le Comte Federico en se

33

levant pour dévisager le Docteur. J'ai entendu dire que tu as mené la vie dure à mes ruffians. »

Le Docteur sourit.

« Ce n'était qu'un petit galop. Excellent pour le foie...

— Comment t'appelles-tu ?

— « Docteur » fera l'affaire. »

Le Comte effleura des doigts le manteau du Docteur.

« Voilà des habits bien étranges. D'où viens-tu ?

— Quelle importance ? » répliqua le Docteur impertinemment.

Les traits du Comte se contractèrent en une expression encore plus bestiale.

« Tu es déjà de bonne taille, Docteur, mais le chevalet pourrait bien t'allonger plus encore si tu ne te décides pas à répondre poliment et rapidement à mes questions.

— Cessez de me menacer, répondit sèchement le Docteur. Je suis venu pour vous aider. »

Le capitaine s'avança, prêt à frapper.

« Messire, laissez-moi punir ce chien insolent !

— Attends ! dit le Comte en lui faisant signe de reculer. Cet homme m'intrigue. Et de quel genre d'aide ai-je besoin ? » demanda-t-il avec curiosité au Docteur.

Le Docteur se pencha vers lui pour répondre.

« Une onde d'énergie, une partie de la Spirale de Mandragore, est arrivée dans ce pays. Elle peut provoquer des dommages indescriptibles et doit être neutralisée sur le champ ! »

Federico fronça les sourcils.

« Que signifie ce langage ? Explique-toi ! »

Le Docteur vit les visages incompréhensifs qui l'entouraient. Il avait oublié qu'il était au xve siècle.

34

« Laissez-moi vous expliquer cela autrement... Disons qu'une boule de feu du ciel est tombée sur la Terre et va brûler tout ce qui se trouve sur son passage. Et il faut que je la renvoie dans les étoiles. »

Il y eut un silence stupéfait, vite remplacé par un éclat de rire général. Ce fut le capitaine qui reprit le premier la parole :

« Il a perdu l'esprit, messire. C'est sans doute sa chute qui...

— Non, répondit le Comte d'un air entendu, en adressant au Docteur un sourire mauvais. C'est de la sorcellerie. Mais il n'y a pas d'or à gagner pour toi à San Martino. Hieronymus, mon devin, est le meilleur de tout le pays !

— Alors, vous n'avez qu'a demander à votre devin s'il a déjà vu une onde d'énergie », répliqua le Docteur sur un ton impatient.

Federico ne se démonta pas. Il tourna lentement autour du Docteur, comme si ce dernier était un animal en cage. Une expression rusée apparut sur son affreux visage.

« Peux-tu prédire l'avenir ? demanda-t-il d'un air sournois.

— Le *vôtre,* oui, rétorqua le Docteur, et je peux vous dire qu'il risque fort d'être bref et plutôt déplaisant si vous ne m'écoutez pas. »

Le visage assombri, le Comte resta silencieux pendant une minute ou deux. Puis il se tourna vers un garde et ordonna que Hieronymus soit convoqué sur l'heure.

« Si tu t'es joué de nous, gronda-t-il d'une façon inquiétante au Docteur, nous, nous nous amuserons avec ton corps. Te voilà prévenu ! »

Dehors, le crépuscule tombait. Les notes du carillon se propagèrent dans la cité pour signaler à ses habitants le couvre-feu nocturne. Sous l'arche imposante des portes de la ville, un garde musclé poussait les traînards vers l'intérieur.

« Le couvre-feu... Le couvre-feu... Dépêchez-vous ! dit-il en frappant l'âne surchargé d'un marchand de Padoue, non moins surchargé lui-même. Fermez les portes ! » cria-t-il après leur passage.

Au-dessus de lui, sur les remparts, le factionnaire rentra dans la pièce renfermant le treuil et les lourdes portes commencèrent à se fermer.

A l'instant où le soldat s'apprêtait à se glisser dans l'étroit espace qui subsistait encore entre elles, son attention fut attirée par un étrange son déchirant. Il s'arrêta et se retourna. Le bruit paraissait venir du ciel. Il leva les yeux et son corps se figea d'horreur. Une boule de feu aveuglante de trois mètres de diamètre plongeait du ciel, droit sur lui. Il tira son épée mais celle-ci chauffa instantanément à blanc et explosa. Il se mit à crier en s'accrochant aux portes, cherchant l'étroite ouverture, mais les battants s'étaient complètement refermés. Il était pris au piège. Il se tapit contre l'arche. La boule de feu descendit sur lui et l'enveloppa d'une lumière éblouissante. Celle-ci disparut au bout de quelques secondes et tout ce qui subsista de l'infortuné soldat fut une forme hideusement ratatinée, comme un morceau de bois frappé par la foudre.

A l'intérieur du palais, Hieronymus poursuivait son interrogatoire. Le magicien sautillait autour du Docteur comme un singe au bout d'une corde, l'assaillant de questions. Durant tout ce temps, il ne cessa de surveiller du coin de l'œil son maître,

Federico, qui observait la scène, impassible. Le Docteur se dit que la calotte noire de l'astrologue, ainsi que sa grande barbe grise, lui donnaient un air particulièrement sinistre. De plus, il avait remarqué le flacon suspect que le magicien avait donné à Federico lorsqu'il était entré. Le regard échangé par les deux hommes suggérait une complicité au sujet d'une affaire qu'ignoraient sûrement les autres courtisans présents dans la salle. Le Docteur commença à craindre d'avoir mis les pieds dans quelque dangereux complot d'Etat. Et l'interrogatoire puéril qu'il endurait n'arrangeait pas les choses.

« Et maintenant, poursuivit le devin, peux-tu me dire ce que cela signifie lorsque Vénus se trouve en opposition avec Saturne et qu'une grande ombre passe en même temps sur la lune ?

— Tout ceci est vraiment une fameuse perte de temps, soupira le Docteur.

— Réponds ! ordonna le Comte en se levant de son siège.

— Bon, ça dépend...

— De quoi ? siffla Hieronymus, sentant venir l'occasion de piéger sa proie.

— De savoir si le coq a chanté trois fois avant l'aube et si douze poules ont pondu des œufs pourris.

— Quelle école philosophique enseigne ça ? demanda l'astrologue avec méfiance.

— Je pourrais moi-même vous instruire sans problème, dit le Docteur en souriant. Tout ce qu'il vous faut est une imagination colorée doublée d'un esprit et d'une langue agiles. »

Hieronymus prit un air menaçant.

« Mon « ami », il me semble que toi, tu possèdes une langue trop bien pendue qui pourrait te mettre en grand péril », dit-il en lançant un regard significatif dans la direction de Federico.

Le Docteur ignora la menace à peine voilée.

« Croyez-moi, c'est plutôt vous qui êtes en grand danger. Vous n'allez pas vous laisser embobiner par ce boniment ? dit-il au Comte.

— Silence ! »

Le Docteur haussa les épaules et jeta un coup d'œil circulaire dans la salle. Il remarqua alors un nouveau venu, un jeune homme aux longs cheveux bruns, et qui se tenait debout dans l'ombre, derrière le siège de Federico. Il était entré discrètement et suivait les événements avec attention.

Pour l'instant, toutefois, l'interrogatoire avait apparemment cessé et Hieronymus murmurait quelque chose à l'oreille de son maître. Sautant sur l'occasion, le Docteur ouvrit comme par hasard le flacon posé sur la table toute proche et en renifla le contenu.

« De la mort-aux-rats ? murmura-t-il pour lui-même. Et dans une si belle petite bouteille ?

— Repose ça ! siffla Federico avec colère.

— Vous ne devriez pas laisser traîner du poison comme cela, dit le Docteur. C'est une habitude qui peut se révéler fort dangereuse...

— Pas aussi dangereuse que ton échec à répondre à nos questions, répliqua froidement le Comte, qui se tourna ensuite vers le capitaine. Préparez-vous à l'exécuter ! »

Le Docteur fut immédiatement empoigné par une demi-douzaine de gardes et traîné au travers de la salle.

« Attendez une minute ! s'écria-t-il. Vous n'avez même pas écouté un mot de ce que je vous ai dit ! »

Les portes de la salle se refermèrent, coupant court à toute autre protestation de sa part.

Federico se leva pour s'en aller mais découvrit Giuliano sur son chemin.

« Qui est cet homme ? demanda le jeune Duc.

— Un espion.

— Ou peut-être un alchimiste ? répliqua Giuliano avec un regard interrogateur en direction du flacon.

— Rien qu'une potion pour me faciliter la digestion, mon neveu, répondit Federico en empochant rapidement le flacon. Hieronymus étudie les humeurs du corps autant que l'alignement des étoiles. »

Laissant là Giuliano, il sortit de la salle. Le jeune Duc le regarda s'éloigner, songeur. Il était clair qu'il se tramait quelque chose entre son oncle et Hieronymus. Et il ne pouvait rien faire d'autre que les surveiller tous les deux et... attendre.

Loin au-dessous de la cité, la chambre de sacrifice des Frères de Demnos renvoyait les échos d'un chant étrange et bas. Une file de personnages aux noirs capuchons tournait lentement autour d'un autel de pierre brute installé au centre de la caverne, en chantant des litanies et des oraisons bizarres. Leurs visages étaient recouverts par d'antiques masques grotesques, hideuses représentations en or et en argent de la haine et du mal. Dans la lumière tremblotante des torches, ces masques ajoutaient une touche infernale à la scène. En passant devant l'autel, chaque frère jetait un pétale de fleur rose sur la surface de pierre.

Puis le prêtre entra à son tour, portant un coussin de soie, qu'il déposa à un bout de l'autel. Sur ce coussin luisait un couteau aiguisé et pointu. La lame sacrificatoire.

Non loin de là, dans un inconfortable cachot de pierre, Sarah distinguait leur mélopée. Si elle ne comprenait pas le sens exact des mots, elle avait saisi ce qu'ils sous-entendaient. Si elle ne parvenait pas à trouver un moyen de s'enfuir de cet endroit, elle finirait comme toutes les victimes offertes à leur misérable dieu, quel que fût son nom. Elle empoigna les barreaux de fer de la cellule et tenta de les desceller. Mais c'était sans espoir. Elle poussa un sanglot désespéré et se laissa tomber sur le sol. Son impuissance n'était que trop évidente.

Puis une clé tourna dans la serrure et la lourde porte de métal s'ouvrit. Deux frères entrèrent et lui maintinrent les poignets pendant qu'un troisième la revêtait d'une longue robe blanche. Sarah lutta du mieux qu'elle put mais ne parvint pas à empêcher qu'on lui passe le vêtement. Un instant plus tard, sa tête fut tirée en arrière et on l'obligea à avaler un plein gobelet d'un liquide douceâtre. Ce devait être une drogue car elle se sentit instantanément couler dans une bienheureuse somnolence. Elle réussit pourtant à entendre la voix douce du prêtre qui se tenait à la porte du cachot.

« Tu as de la chance, mon enfant. Bien peu reçoivent l'honneur de servir aussi parfaitement notre grand dieu Demnos. Quand la lune s'élèvera au-dessus de l'obélisque du sud, ton heure de gloire sonnera. »

La voix mielleuse s'éloigna petit à petit et Sarah comprit qu'elle perdait le contrôle de ses sens. Elle s'efforça de lutter contre les effets de la drogue mais elle ne tarda pas à sombrer dans l'inconscience.

Les longs corridors de marbre du palais étaient déserts. Les courants d'air du soir faisaient vaciller la flamme des chandelles fixées aux murs, qui jetaient de grandes ombres sur le sol richement décoré. Une petite porte s'ouvrit à mi-chemin d'un de ces passages mal éclairés et un sinistre personnage coiffé d'une calotte noire apparut. C'était Hieronymus, l'astrologue de la cour. Il longea le corridor rapidement et sans bruit pour disparaître ensuite dans un étroit escalier. Avec la vitesse et l'assurance d'un habitué du parcours, il poursuivit sa route dans un labyrinthe de couloirs, descendant de plus en plus, jusqu'à atteindre la partie la plus retirée du palais. Il s'arrêta finalement devant un grossier mur de pierre. Ses doigts s'appuyèrent contre la maçonnerie et le mur se déplaça pour révéler un passage secret. L'astrologue s'y engagea et le mur derrière lui reprit sa position avec un claquement.

A l'extérieur, c'était le crépuscule. En temps normal, à cette heure-là, une paix tranquille s'étendait sur la ville de San Martino à mesure que tous se retiraient pour la nuit. Mais la cité était en pleine effervescence. Sur la place principale située face au palais, une foule se pressait en direction d'une plate-forme de bois sur laquelle se trouvait le billot du bourreau. Des rangs de piquiers vêtus de la livrée jaune et pourpre du Comte Federico se tenaient, raides, au pied de l'estrade d'honneur, tandis que des cavaliers formaient un cordon de protection destiné à empêcher quiconque de s'échapper.

Nerveuse, la foule grandissait sans cesse. Les

chevaux des gardes s'ébrouaient et frappaient le sol avec impatience. Tous attendaient.

C'est alors qu'apparurent des tambours battant un roulement lent et solennel. Un frémissement de peur et d'excitation parcourut la foule à l'arrivée de la macabre silhouette de l'exécuteur. Il avait la poitrine et les bras nus et sa tête était recouverte d'une cagoule noire percée de deux fentes pour les yeux. Il portait une énorme épée à deux mains. A un signal venu du balcon au-dessus de lui, il se mit en position sur la plate-forme. Au balcon, caché par les ombres, était assis le Comte Federico.

Soudain, la foule fit silence et on n'entendit plus que le roulement cadencé des tambours. Le Docteur, le visage austère et les lèvres serrées, venait de surgir sur la place, encadré par quatre hommes d'armes à la tête desquels se trouvait le capitaine balafré qui l'avait capturé. A l'instant où le Docteur entreprit de monter les marches menant à la plate-forme de bois, l'ombre d'un sourire naquit sur la bouche cruelle du Comte.

Le Docteur s'arrêta devant le billot et les tambours se turent. Il jeta un regard à la mer de visages. Ils exprimaient la curiosité, l'impatience, la frayeur... ce mélange particulier d'émotions qui accompagne toujours les moments de drame ou de violence. Le regard du Docteur abandonna la foule pour s'élever vers les arbres et les collines au loin. Le ciel était d'un magnifique bleu pâle, avec des touches de rouge. Quelle ironie, songea le Docteur, de perdre la vie dans ce coin perdu de cette Terre qu'il avait appris à connaître et à aimer comme une seconde patrie, et qui allait devoir se passer pour toujours de ses services. C'est ce qui allait arriver, à moins qu'il ne réussît l'impossible. Et cette fois, tout semblait bel et bien se liguer contre lui.

Il jeta un coup d'œil autour de lui. La plate-forme était encerclée par des piquiers et au-delà, des cavaliers bloquaient toutes les issues. Si seulement il avait eu plus de temps pour réfléchir.

« A genoux ! »

Deux gardes le forcèrent à s'agenouiller, puis reculèrent prudemment.

Le Docteur desserra l'écharpe qui ceignait son cou. Il était en sueur. Le bourreau s'avança et plaça doucement la tête du condamné sur le billot, que le Docteur trouva étrangement confortable. Puis, sur un signal du Comte Federico, le bourreau leva sa grosse épée avec lenteur et marqua un temps d'arrêt, prêt à assener le coup mortel.

CHAPITRE IV

LE SACRIFICE

« Excusez-moi, dit le Docteur en relevant la tête, mais j'ai toujours voulu paraître sous mon meilleur jour dans ce genre d'occasion. »

Il adressa un sourire au bourreau, toujours immobile comme une statue. Puis il commença à dérouler lentement son écharpe, avec le plus grand soin. Soudain, il la projeta autour des chevilles du bourreau et tira d'un coup sec. L'homme culbuta lourdement sur les planches, son épée frôlant la tête du Docteur. Celui-ci profita du moment de confusion pour se redresser et prendre son élan de la plate-forme. Il fendit les airs au-dessus des piquiers éberlués et atterrit avec un bruit sourd sur le dos du cheval le plus proche. Il désarçonna d'un coup son cavalier et enfonça ses talons dans les côtes de l'animal, qui se cabra sous l'effet de la surprise et fila comme une flèche.

Dispersant gardes et badauds, le Docteur s'élança vers la première issue. Deux piquiers et un cavalier lui coupaient la route mais le coursier du Docteur s'envola au-dessus des longues piques, avec la sûreté d'un champion de saut d'obstacles, pour atterrir ensuite sans incident et éviter les derniers gardes, bien trop surpris pour intervenir efficacement.

« Imbéciles ! Arrêtez-le ! » s'écria Federico du plus fort qu'il put.

S'empêtrant les uns dans les autres dans leur précipitation, les gardes se lancèrent à la poursuite du fugitif. Mais le Docteur avait une bonne longueur d'avance et était déjà hors de vue, filant comme un possédé dans les rues pavées. Il savait qu'il n'avait aucune chance de distancer ses poursuivants. Un parapet courait le long de la rue. Le Docteur tira rapidement sur les rênes de son cheval et sauta à terre. Puis il donna une claque sur la croupe de l'animal et sauta de l'autre côté du parapet, certain que la nuit tombante l'aiderait à se cacher. Quelques instants plus tard, le claquement des sabots de ses poursuivants passa avec un bruit de tonnerre à quelques centimètres de sa tête. Il resta immobile jusqu'à ce qu'ils soient loin, puis, poussant un profond soupir, il jeta un coup d'œil autour de lui. Trois mètres plus bas, il y avait une terrasse pavée. A travers les ténèbres, le Docteur put discerner des allées reliant cette terrasse à une sorte de labyrinthe de tonnelles et de petites grottes. Il devina que ce devait être une partie des jardins du palais. Les gardes viendraient sans doute fouiller l'endroit sous peu mais les arbres lui offriraient une protection supplémentaire. Il sauta lestement sur la terrasse et s'engagea dans une allée sinueuse.

Il n'avait pas fait deux cents mètres qu'il entendit s'élever des voix autour de lui. Il aperçut des lumières de torches au travers des arbres. Les recherches avaient commencé bien plus vite qu'il ne l'aurait cru. Il hésita alors sur la direction à prendre.

Tout à coup, deux piquiers firent leur apparition

devant lui. Ils crièrent et se ruèrent vers lui. En désespoir de cause, le Docteur quitta l'allée et plongea en direction d'une pente. Il trébucha, roula jusqu'en bas de la côte, et se trouva pris au piège dans une grotte de pierre obscure. Il n'existait aucune issue en dehors de la pente qu'il venait de dévaler. Il était entouré par ce qui ressemblait à des ruines anciennes. Les cris excités des piquiers se rapprochèrent. Il était fait comme un rat.

C'est alors que se produisit une chose extraordinaire. Au moment où le dos du Docteur se pressait contre la paroi de pierre, il sentit celle-ci bouger dans son dos. Il se retourna et vit qu'une ouverture de la taille d'une porte s'était découpée dans la maçonnerie. Il appuya des deux mains contre le mur qui, cédant, révéla l'entrée d'un escalier étroit s'enfonçant sous la terre. N'en croyant pas ses yeux, le Docteur entra promptement et remit la porte en place derrière lui.

Un instant plus tard, deux piquiers surgirent de l'autre côté. Le Docteur put suivre leurs propos stupéfaits au travers du mur.

« J'aurais juré qu'il était là ! fit le premier. Et il n'y a aucune sortie ! Est-ce qu'on chassait un fantôme, ou quoi ?

— A moins que ce soit un adorateur de Demnos, murmura l'autre d'une voix soudain effrayée. Ces démons connaissent des centaines de passages secrets dans toute la ville...

— Un passage ? Vite, essayons de trouver le mécanisme ! »

Le Docteur suspendit son souffle en entendant le premier piquier commencer à palper les pierres taillées.

« Arrête, Giovanni, fit alors le second en retenant

46

son compagnon. Je ne m'aventurerais pas dans ces catacombes pour tout l'or de Rome. J'en connais qui ont essayé et que plus personne n'a jamais revu. »

Il y eut un silence, puis le premier piquier marmonna quelque chose que le Docteur ne put saisir. Son compagnon avait dû réussir à le convaincre car il entendit ensuite les deux hommes jurer et grogner en remontant la pente escarpée.

Le Docteur soupira de soulagement et réfléchit à la suite des événements. Les paroles du piquier au sujet des adorateurs de Demnos avaient éveillé sa curiosité. Il pouvait bien s'agir des frères encapuchonnés qui avaient enlevé Sarah. S'il était réellement tombé sur une des entrées de leur sanctuaire, alors, il avait ses chances de la retrouver. Il s'engagea avec précaution sur les marches étroites et s'enfonça dans l'obscurité épaisse des catacombes.

Il n'eut pas besoin d'aller très loin avant qu'un sixième sens ne l'avertisse du danger. Une intersection avec un autre couloir se dessinait à quelques mètres devant lui, et il entendit alors des pas s'approcher. Il se plaqua immédiatement au fond d'un renfoncement de la paroi de pierre.

Les pas devinrent encore plus distincts et une silhouette revêtue d'une longue robe pourpre surgit des ténèbres. L'inconnu s'arrêta à la croisée des chemins et, faisant face au mur, étendit les bras pour s'appuyer contre la pierre. D'où il se trouvait, le Docteur ne pouvait discerner qu'imparfaitement les contours de la silhouette mais il fut certain que le personnage portait un masque. Il y eut un bref grondement et la portion du mur qu'avait pressé l'inconnu glissa sur le côté. La silhouette s'avança et la porte se referma derrière elle.

Le Docteur attendit quelques instants avant de sortir du renfoncement pour s'approcher de la paroi. Il explora du bout des doigts, et avec soin, le mur aveugle jusqu'à ce qu'il découvre enfin une petite cavité. Il y enfonça les doigts, le même bruit se reproduisit et le mur se déplaça pour révéler un couloir. Le Docteur y entra sur la pointe des pieds. La porte secrète se remit en place derrière lui.

Dans une antichambre tranquille du palais, Giuliano était en train d'examiner le corps de la sentinelle tuée devant les portes de la ville. Un garde fixait la scène, les yeux élargis par la terreur.

« Non, cela n'a rien à voir avec un démon du feu, fit le Duc sur un ton rassurant. Tout ceci n'est que superstition !

— Alors, qu'est-ce que c'est, messire ?

— Sa peau est d'une couleur si bizarre... Je n'avais jamais vu un cadavre comme celui-ci auparavant, dit le jeune homme en fronçant les sourcils, réellement intrigué. Pauvre homme, ajouta-t-il en recouvrant le corps d'un drap.

— On a pensé..., avança le garde, que comme vous vous intéressiez aux sciences nouvelles, on...

— Tu as bien fait de me l'apporter, répliqua le Duc en levant la main. Mais la nouvelle science ne fournit pas toujours toutes les réponses. Cela signifie surtout qu'il nous faut rejeter toutes les vieilles croyances tels que les démons, la magie et la sorcellerie et faire confiance à notre propre intelligence.

— Je continue à croire que ça pourrait être un

vrai démon, messire. J'ai entendu parler d'un cas à Florence qui... »

Le Duc lui sourit.

« C'est bon. Tu peux retourner à ton poste. »

Le garde s'inclina et quitta les lieux. Un instant plus tard, Marco entra à son tour.

« Rien de neuf, monseigneur... »

Il stoppa net en apercevant le cadavre sur la couche.

« On l'a trouvé aux portes de la ville, Marco. »

Il conduisit son compagnon vers la couche et écarta le drap.

— Qu'en dis-tu, mon vieil ami ? »

Marco tressaillit devant ce spectacle et lança un regard interrogateur à son jeune maître.

Toute vêtue de blanc et le visage d'une pâleur mortelle, Sarah gisait, inconsciente, sur l'autel du sacrifice. Une centaine de personnages encapuchonnés tourbillonnaient autour d'elle comme des derviches pris de frénésie religieuse. Plus ils dansaient autour de leur victime, plus la lueur tremblotante des torches semblait donner vie à leurs masques et les faisait ressembler à des spectres revenus de l'au-delà.

Le rituel se poursuivit plusieurs minutes encore. Puis les frères tombèrent tous à genoux face à l'autel. Le Grand Prêtre apparut alors à un bout de la salle et s'avança lentement vers l'extrémité de l'autel. S'emparant du couteau posé sur le coussin près de la tête de Sarah, il se retourna et le présenta à l'assemblée agenouillée. Une clameur enfiévrée s'éleva dans la chambre souterraine. Un deuxième personnage, vêtu d'une robe pourpre et les traits dissimulés par un masque d'or pur, surgit d'une petite porte proche de l'autel. Avec sa bouche cruelle et ses yeux profondément enfoncés dans leurs orbites, le visage masqué ressemblait à une véritable incarnation du mal.

Le personnage s'approcha de l'autel et s'immobilisa sur la plus haute marche. Le Grand Prêtre s'inclina vers lui et se mit à psalmodier :

« Que le sacrifice soit rapide pour ne pas déplaire au grand dieu Demnos !

— Ainsi soit-il », répondit le personnage masqué tout en prenant le couteau pour l'élever au-dessus du corps sans défense de Sarah.

La litanie du Grand Prêtre et les réponses des frères montèrent en une note hystérique, remplissant la salle d'une véritable cacophonie.

Le Docteur s'arrêta. Il venait d'entrer dans un couloir mal éclairé, proche de la salle principale. Le chant étrange qu'il entendait déjà depuis plusieurs minutes commença à prendre de l'ampleur. Il poursuivit sa route en toute hâte, attiré par l'incantation. L'intuition, le sixième sens, ce pouvoir télépathique que possédaient les Seigneurs du Temps lui disait que Sarah était là-bas et qu'elle courait un grand danger. Il dépassa un nouveau coude du couloir et se retrouva tout près de la salle d'où émanait le bruit qui l'avait guidé. L'espace d'une seconde, il contempla, incrédule, le nombre de noires silhouettes encapuchonnées qui s'amassaient dans la caverne. Un autre choc, bien plus violent, s'abattit sur lui quand il découvrit Sarah allongée sur l'autel et le couteau levé prêt à plonger dans le cœur de la jeune fille.

Le Grand Prêtre et le personnage masqué fixaient la voûte de la caverne en prononçant les dernières phrases de leur incantation. En un instant, le Docteur sauta parmi les corps agenouillés et gagna les marches de l'autel. A la seconde où la voix du personnage masqué se fit plus véhémente et où le couteau se mit à plonger, le Docteur prit Sarah dans ses bras et l'écarta de la trajectoire de la lame étincelante, qui percuta la surface de pierre avec un claquement métallique. Le personnage masqué manqua perdre l'équilibre. Il lui fallut quelques instants pour comprendre ce qui venait de se passer. Il lâcha alors un cri de rage et désigna le Docteur qui s'enfuyait déjà :

« Emparez-vous de lui ! »

Le Grand Prêtre dévala les marches de l'autel, suivi par trois frères. Les autres étaient encore trop surpris pour réagir.

Sarah dans les bras, le Docteur fonça vers le couloir.

Ses poursuivants allaient les rattraper lorsqu'un événement extraordinaire les cloua net au sol. Toute la salle s'était mise à briller d'une lumière éthérée et le mugissement d'un vent violent se répercuta tout autour de ses murs. Tous les frères, même ceux qui poursuivaient le Docteur, se tournèrent vers l'autel, là où le personnage masqué, rivé au sol, levait les bras dans un geste de supplication.

« Frères... regardez ! s'écria-t-il. Nos prières ont été entendues et notre temple nous a été rendu ! »

Le Docteur vit alors les masses rocheuses qui constituaient les parois de la caverne commencer à luire et à pulser. Les contours fantomatiques d'un superbe temple à colonnes se superposèrent à ceux de la caverne. Puis le Docteur entendit un bruit familier et la sphère rougeoyante de l'Energie de

Mandragore descendit de la voûte caverneuse, enveloppant l'autel d'une lumière éclatante.

« Qu'est-ce que c'est ? Qu'est-ce qui se passe ? » souffla une petite voix faible à l'oreille du Docteur. Celui-ci détourna la tête et vit Sarah, les yeux à demi ouverts, lutter pour reprendre conscience. Il reposa doucement la jeune fille sur le sol, soulagé de ne plus avoir à la porter.

« On dirait bien que notre parcelle de Spirale de Mandragore a fini par arriver là, Sarah. »

La lumière autour de l'autel perdit de son intensité pendant qu'il parlait, comme si la dalle de pierre avait absorbé l'Energie.

« Il est temps de partir, murmura le Docteur, qui empoigna Sarah par le bras pour sortir de la chambre souterraine sur la pointe des pieds.

Derrière eux, l'attention des frères était toujours accaparée par la terrible vision de leur temple restauré. Rassemblant son courage, le Grand Prêtre s'approcha de l'autel et s'inclina avec révérence.

« C'est un rêve vieux de deux mille ans qui s'est réalisé ! Comment est-ce possible ?

— Par la Foi, mon frère, répondit le personnage masqué. La Foi !

— Regardez ! » s'écria alors le Grand Prêtre.

Une colonne de lumière s'éleva d'une des extrémités de l'autel. Large d'environ un mètre, elle semblait traverser la voûte de la caverne.

« Reculez ! » ordonna le personnage masqué.

Le Prêtre et les frères qui l'entouraient s'écartèrent comme on le leur commandait. Le personnage masqué gravit lentement les marches de l'autel.

La lumière avait l'air éminemment dangereuse, tel un courant à haute tension. Le personnage masqué atteignit le haut des marches, hésita un moment, puis pénétra droit dans la colonne de lumière ! Il fut instantanément auréolé d'une lueur intense et surnaturelle. Sa robe pourpre miroita et une lueur incandescente jaillit des fentes oculaires de son masque. L'inconnu ne paraissait pas en souffrir et semblait plutôt paralysé par l'extase.

Quelques secondes plus tard, une voix à la fois lointaine et tonitruante à l'intonation inhumaine résonna tout autour de la caverne, surgissant de la colonne de lumière elle-même.

« Tu as été choisi pour recevoir des pouvoirs dont jamais tu n'as rêvé, dit-elle. Grâce à nous, tu vas devenir le maître suprême de la Terre. Comprends-tu ?

— Oui, je comprends, répondit le personnage masqué.

— Toi seul sera autorisé à te tenir à cet endroit, poursuivit la voix. Tout autre mortel qui oserait s'y placer sera à l'avenir détruit. Toi et toi seul imposeras notre volonté sur Terre. »

Il y eut un silence.

« Que dois-je faire ? chuchota le personnage masqué d'un ton obéissant.

— Il n'existe qu'un être vivant en dehors de vous tous qui connaisse notre but. On l'appelle le Docteur. Il faut le retrouver et l'éliminer !

— Mais comment ? Comment puis-je y parvenir ? »

Cette fois, la voix ne répondit pas. La lumière s'effaça d'un coup et l'image fantomatique du temple disparut. Il ne resta plus que l'autel de pierre nue dans la caverne.

Le personnage masqué, que la lumière avait lui aussi abandonné, se tourna vers les frères stupéfaits.

« L'office est terminé, annonça-t-il. Allez-vous-en. Mais, souvenez-vous... pas un mot de tout cela à âme qui vive ! »

Rendus muets par la stupeur, les frères commencèrent à se disperser.

Sans un mot de plus, le personnage masqué quitta la caverne à son tour. Il se précipita dans un étroit couloir conduisant à une porte secrète qui donnait dans une petite pièce. Là, il se dévêtit. Lorsque les grands habits pourpres tombèrent sur le sol, le personnage se tourna vers un miroir fixé au mur. Levant les mains, il ôta son masque d'or avec le plus grand soin.

Et le sinistre visage grimaçant de Hieronymus, l'astrologue de la cour, apparut à l'air libre ! Il fixa un long moment sa propre image dans le miroir, puis dit à haute voix :

« Des pouvoirs dont je n'avais jamais rêvé ! Maître suprême de l'Univers ! »

Dans ses yeux brillait une fascination hypnotique, comme si son être tout entier avait succombé à cette idée irrésistible.

Le Docteur guidait Sarah à toute vitesse au travers d'un véritable labyrinthe de couloirs. La jeune femme souffrait encore des effets de la drogue et il lui arrivait souvent de trébucher et de tomber.

Dix minutes plus tard, un filet de lumière filtra devant eux et l'atmosphère renfermée laissa bientôt la place à de l'air plus doux, plus pur. Le Docteur installa Sarah dans une alcôve et partit en reconnaissance. Il avait espéré retrouver sa route jusqu'à la porte secrète mais le réseau complexe des catacombes avait eu le dessus sur son sens de

54

l'orientation. Cela dit, ils semblaient parvenus à une sortie donnant sur les jardins, même si ce n'était pas la bonne. Scrutant l'obscurité, il distingua un groupe de soldats le cherchant toujours à la lumière des torches. Il retourna auprès de Sarah.

« Il va nous falloir patienter ici un moment, dit-il, en lui adressant un sourire encourageant.

— Ce ne sera pas pire que d'être sacrifiée au grand dieu Demnos, répondit la jeune femme, lui rendant son sourire.

— Demnos ? » murmura le Docteur.

Depuis qu'il avait entendu les piquiers prononcer ce nom, il avait constamment eu l'impression que cela lui rappelait quelque chose.

« Vous en avez entendu parler ? » s'enquit Sarah.

Le Docteur acquiesça. La mémoire lui était revenue d'un coup.

« Un culte romain particulièrement affreux, et qu'on supposait disparu depuis le IIIe siècle...

— Alors, que fait-il ici, au XVe siècle ? fit la voix de Sarah, résonnant dans les ténèbres. Et qu'est-ce que ces gens ont à voir avec la Spirale de Mandragore ?

— Prenez plutôt le problème dans l'autre sens, Sarah. Qu'est-ce que la Spirale de Mandragore peut bien avoir à faire avec eux ? Ce que nous avons vu, c'est une recombinaison sub-thermique de plasma ionisé.

— D'une simplicité enfantine..., dit Sarah après un bref silence. J'aurais dû y penser.

— La question reste de savoir, poursuivit le Docteur, pourquoi une si obscure, une si petite planète que la Terre... Quelles peuvent bien être leurs intentions ?

— La conquête ? Une invasion ? Ils veulent s'emparer de la Terre et la couvrir de vieux temples romains. »

Le Docteur éclata de rire.

— Les Intelligences qui habitent la Spirale n'ont pas d'existence physique au sens où nous l'entendons. Elles n'ont que faire de la Terre... »

Le Docteur s'apprêtait à pousser plus avant ses spéculations quand Sarah lui donna un coup de coude dans les côtes.

« Allez, Numéro Sept, c'est l'heure.

— Pardon ? »

Sarah désigna du menton les ténèbres derrière lui. Le Docteur se retourna d'un bond. Quatre formes imposantes s'avançaient vers eux dans le noir, la pointe de leurs piques luisant sous le reflet du clair de lune. Les gardes les entourèrent et les poussèrent en avant. Toute résistance était vaine. Ils obéirent tous les deux et se laissèrent tirer hors du tunnel, jusque dans les jardins du palais.

« Juste au moment où la conversation devenait intéressante ! » fit le Docteur avec un soupir sonore, et en lançant un clin d'œil d'encouragement à Sarah.

CHAPITRE V

LE PRINCE DOIT MOURIR

Sarah et le Docteur furent promptement entraînés dans les jardins et se retrouvèrent bientôt dans le palais lui-même. Leurs agresseurs les conduisirent sans un mot le long de couloirs mal éclairés, puis les poussèrent enfin dans une pièce lambrissée de petite taille. A leur arrivée, un jeune homme brun de belle allure et richement vêtu se leva de sa table. Le Docteur reconnut sur-le-champ l'étranger qui avait suivi l'interrogatoire conduit par Hieronymus.

Le jeune homme fit signe plutôt sèchement aux gardes de libérer leurs prisonniers et de quitter les lieux.

« Je me demande ce qu'il est advenu de la vieille courtoisie italienne, se plaignit Sarah en frottant ses poignets écorchés.

— Je vous demande de bien vouloir pardonner ces manières un peu rudes, dit le jeune homme. Mais il fallait faire vite car les hommes de mon oncle vous cherchent partout.

— De votre oncle ? s'étonna le Docteur.

— Le Comte Federico, acquiesça le jeune homme. Il a donné l'ordre de vous faire exécuter sitôt qu'on vous aura retrouvé. Par bonheur, il existe encore quelques gardes fidèles à leur Prince », fit-il avec un rapide sourire.

Sarah se sentit subitement soulagée.

« Et, le Prince, c'est vous ?

— Giuliano, Duc de San Martino, dit le jeune homme en s'inclinant. Et voici mon compagnon, Marco. »

Un jeune homme de haute taille, jusque-là dissimulé par les ombres, s'avança alors. Il s'inclina avec raideur.

« J'aimerais que vous m'en disiez plus sur votre oncle, fit le Docteur.

— Le Comte a assassiné le père de Giuliano ! intervint Marco, avec véhémence.

— En êtes-vous sûr ?

— Certain, approuva Giuliano.

— Et maintenant, il est en train de comploter pour tuer Giuliano.

— Si je comprends bien, vous êtes plutôt en froid avec votre oncle », conclut le Docteur, un sourire aux lèvres.

Le Prince prit un air sérieux.

« Mon oncle est un tyran !

— Tant que Giuliano vivra, Federico ne pourra jamais prétendre au trône, expliqua Marco.

— J'ai plus peur pour mon peuple que pour moi-même, poursuivit le jeune Prince. Si jamais il règne un jour sur San Martino, ce sera la fin de tout savoir, de tout développement des sciences. »

Le Docteur hocha la tête.

« Et c'est ce qu'il cherche ? Eh bien, si vous le permettez, Giuliano, je dirai que vous m'avez tout l'air d'avoir encore une bonne cinquantaine d'années devant vous ! »

Le Prince baissa les yeux.

« Je suis condamné à mourir sous peu. Hierony-mus l'a prédit.

— Hieronymus ? fit le Docteur avec un reniflement de mépris. Si j'étais vous je ne tiendrais pas trop compte de ce qu'il dit.

— C'est ce que j'essaye de faire, répondit le Prince d'une voix égale. A vous entendre lui parler, j'ai cru comprendre que vous étiez un homme de science ?

— Il m'arrive d'y toucher de temps à autre, répondit modestement le Docteur.

— Excellent ! J'ai toujours désiré entrer en contact avec des hommes intelligents et cultivés.

— Vous êtes trop flatteur ! fit le Docteur, amusé. Mais vous n'avez pas fait tout cela dans le seul propos de bénéficier de ma compagnie ? »

En guise de réponse, Giuliano alla jusqu'à une alcôve voilée par un rideau.

« Il y a des choses que je voudrais vous montrer, Docteur. Ceci, par exemple... »

Il tira le rideau, dévoilant ainsi un cadavre sur une paillasse. Sarah grimaça. Le corps, qui était autrefois l'un des gardes de Federico, était hideusement défiguré par des brûlures.

« L'Energie de la Spirale ! dit le Docteur en reculant. Haute ionisation. Elle n'a besoin que d'effleurer le tissu humain pour... »

Giuliano resta sidéré.

« Docteur, vous ne parlez pas un langage qu'il connaît, l'interrompit Sarah.

— Ce cadavre a été découvert aux portes de la ville, expliqua le Prince. Les gardes parlent à voix basse de démons du feu. Bien sûr, je rejette complètement ce genre de superstition.

— Néanmoins ? s'enquit le Docteur.

— Cela me tracasse, répondit Giuliano, les sourcils froncés. Il se pourrait que quelque chose ait pénétré dans la ville... Une chose que Hieronymus lui-même aurait pu faire venir. »

Le Docteur acquiesça avec gravité.

« Quelque chose est bel et bien entré, Giuliano... Une puissance malveillante qui dépasse totalement l'entendement de ce vieil escroc. Reste à savoir ce que c'est.

— J'avoue que je ne comprends pas », fit le Prince, intrigué.

Le Docteur fourra ses mains au fond de ses poches et se mit à faire les cent pas dans la pièce.

« Pourquoi ici ? Pourquoi à cette époque ?

— Et qu'est-ce que ça a à voir avec le culte de Demnos ? demanda Sarah.

— Exactement ! s'exclama le Docteur. Un certain nombre de questions se posent et il serait temps de découvrir quelques-unes des réponses... »

A l'extérieur de la pièce où se trouvait Giuliano se manifestaient les signes d'une activité croissante. Des bruits d'armures et de pas retentissaient dans les couloirs du palais, indiquant que les recherches s'étaient intensifiées, et des cris lointains prouvaient que les gardes étaient toujours en train de passer les jardins au peigne fin.

Attendant des nouvelles, le Comte Federico tournait en rond dans sa chambre, comme un tigre en cage. On frappa à la porte et le capitaine balafré entra et s'inclina.

« Alors ? grogna le Comte avec impatience. Du neuf ?

— Ils ont disparu, sire.

60

— Impossible ! explosa Federico en expédiant un coup de pied dans un tabouret.

— Plus personne ne les a revus depuis qu'on les a aperçus dans les jardins du palais. »

Une rage noire envahit le visage du Comte.

« Qu'on les trouve ! Il y a quelque chose qui m'inquiète au sujet de ce Docteur et je veux qu'on fouille chaque recoin de ce palais ! Prenez tous les hommes qu'il vous faut », termina-t-il en tournant le dos au capitaine et en lui faisant signe de quitter les lieux.

Le capitaine s'inclina en silence mais sans bouger pour autant.

« Messire..., dit-il à voix basse.

— Qu'est-ce qu'il y a ? » répondit Federico, le dos toujours tourné.

Le capitaine tira une feuille de papier de sa ceinture.

« Voici une liste... qui a été préparée par le secrétaire du Duc Giuliano. »

Federico se retourna vivement et s'empara de la liste.

« Au Roi de Naples ? lut-il à voix haute..., le Duc de Milan, le Duc de Padoue..., le Doge de Venise, la Signora de Florence... »

La mention de chaque nouveau nom augmentait sa rage.

« C'est la liste des souverains qui ont accepté l'invitation de Giuliano et qui vont venir à San Martino », expliqua le capitaine sur un ton servile.

Le mépris s'afficha sur les traits bestiaux du Comte.

« Pour célébrer son accession au trône... Le jeune chiot arrogant ! » dit-il en froissant la liste dans son poing.

Il jeta la boule de papier contre le mur et quitta la pièce en trombe.

Un moment plus tard, des coups furent frappés contre la porte de Hieronymus et Federico entra. Hieronymus leva un regard surpris de la pile de vieilles cartes qu'il étudiait.

« Je n'ai pas dit d'entrer, il me semble », fit-il sur un ton sec.

Contrairement à l'habitude, son visage n'était pas obséquieux mais froid et renfermé.

« Quoi ? glapit Federico sous l'effet de la surprise.

— Je veux être seul, jeta le vieux devin en retournant à ses cartes.

— Sache, l'astrologue, que je vais où je veux et quand bon me semble dans ce palais !

— Ceci est un lieu privé. »

Les yeux du Comte se rétrécirent et il se pencha, l'air menaçant.

« Si tu as une pièce à toi ici, c'est parce que tel est mon bon plaisir. Je t'ai déjà prévenu, Hieronymus, n'outrepasse pas les droits que je t'ai accordés. »

Hieronymus resta silencieux un instant, puis répondit, cette fois sur un ton plus conciliant :

« J'ai une étude sérieuse à mener à bien. Cela dit, si c'est un problème urgent qui vous amène...

— Et comment que c'est urgent ! » cria le Comte, qui se souvint alors qu'il devait baisser la voix sous peine d'être entendu de l'extérieur. « Nous ne pouvons plus attendre Mars ou Saturne ou une autre de tes imbécillités ! Giuliano doit mourir ! »

Il fixa Hieronymus d'un regard aigu.

« Ce ne sont pas des imbécillités..., rétorqua l'astrologue.

— Il est en train d'organiser ici la rencontre de tout ce que compte l'Italie de philosophes et de savants, et de leurs protecteurs », poursuivit Federico, sans tenir compte de son intervention.

Le regard de Hieronymus se durcit.

« Une rencontre ?

— Ne vois-tu pas ce que ça signifie ? fit Federico en hochant la tête. Si tous ces gens importants viennent ici, rien ne s'opposera plus à son accession au pouvoir.

— Et alors ?

— Alors, répliqua Federico en frappant du poing sur la table, ce sera encore plus difficile de se débarrasser de lui ! Il faut qu'il meure, reprit-il après une brève pause. Cette nuit même ! »

Hieronymus se redressa de toute sa hauteur et secoua gravement la tête.

« C'est impossible.

— Pourquoi ? J'ai le poison, rétorqua Federico, les sourcils froncés. Je veux que tu annonces que tu as découvert un fait nouveau, poursuivit-il avec un geste désinvolte, qu'une nouvelle conjonction t'es apparue. Il faut que tu trouves une idée. »

Il approcha d'un seul coup son visage de celui de Hieronymus.

« Une mort subite, tu entends ?

— Vous êtes en train de me demander d'inventer un horoscope, c'est ça ? répondit Hieronymus en se reculant.

— C'est bien ce que tu as toujours fait, non ? » jeta le Comte.

Le devin eut l'air choqué.

« Savez-vous de quoi vous vous moquez ? (Sa voix s'enfla.) Est-ce que vous avez seulement une idée des pouvoirs des corps célestes ? Ceux-ci ne sont pas à nos ordres !

— Je te demande de m'aider comme tu l'as toujours fait, dit Federico d'une voix menaçante, en secouant violemment Hieronymus. Il faut que Giuliano meure cette nuit ! Tu comprends, oui ou non ? Cette nuit ! »

CHAPITRE VI

LE SECRET DU TEMPLE

« Des esprits venus des cieux ? Je croyais que vous étiez un homme de science, Docteur ? »

C'était Giuliano qui venait de parler. Une expression chagrinée se peignit sur ses traits agréables. Il était seul avec le Docteur et Sarah, ayant envoyé Marco tenir à l'écart d'éventuels visiteurs importuns.

Le Docteur, qui n'avait cessé de faire les cent pas en exposant toutes sortes de théories, s'arrêta soudain et eut un sourire. « Il m'est plutôt difficile d'expliquer le concept de l'énergie de la Spirale — sans parler de l'ionisation sub ou super-thermique — en utilisant un langage médiéval.

— Je trouve, pour ma part que vous avez fait un excellent boulot, intervint Sarah tout en prenant du raisin sur la table devant elle. Mais vous ne nous avez pas expliqué la raison de l'apparition subite de ces esprits dans la bonne vieille Italie du xve siècle...

— Peut-être est-ce parce que les adorateurs de Demnos offraient une structure toute prête, répondit soudain le Docteur, séduit par l'idée. Et quel meilleur moment que le xve siècle, époque charnière entre la fin de l'obscurantisme et l'aube de la Raison ?

— Vous voulez dire qu'ils peuvent s'emparer de

65

la Terre maintenant... grâce à une antique religion... ? dit Sarah en fronçant les sourcils.

— Cela pourrait bien être leur plan, en effet. Giuliano, il faut absolument détruire ce temple ! fit le Docteur, en proie à une subite agitation.

— Mais il n'est déjà plus que ruines, Docteur !

— Ces ruines représentent le point focal de forces gigantesques, s'exclama le Docteur. L'Energie de la Spirale a pénétré dans chacune des pierres de cet endroit ! (Il se dirigea vers la porte.) Y a-t-il un moyen pour que je puisse pénétrer dans ce temple sans être vu ? »

Giuliano acquiesça, impressionné par la conviction et l'urgence du ton du Docteur.

« Je vais vous y conduire moi-même.

— Non. Il vaut mieux que j'y aille seul.

— C'est trop dangereux », fit le Prince en secouant la tête.

Le Docteur hésita, jeta un regard à Sarah. Ils ne pouvaient prendre le risque de se faire capturer à nouveau.

« D'accord, dit-il. Jusqu'au temple, mais pas plus loin. »

Giuliano alla ouvrir un gros coffre en bois et en tira une paire d'épées.

« Pour vous ! fit-il en en lançant une au Docteur, qui s'en empara prestement et exécuta ensuite, d'une main experte, une série de moulinets.

— Si j'avais su où nous allions atterrir, je me serais entraîné, s'exclama-t-il avec une lueur dans les yeux qui fit sourire Sarah.

— Nous allons emprunter l'escalier de derrière », expliqua Giuliano.

Il ouvrit la porte avec circonspection et, après avoir constaté avec satisfaction qu'aucun garde de

Federico ne hantait les parages, il les pressa de le suivre à l'extérieur.

Un peu plus tard, les trois compagnons sortirent par une porte de service du palais, traversèrent plusieurs cours gravillônnées, puis disparurent dans la protection accueillante des jardins.

L'aube était proche. Une légère rosée humecta leurs vêtements. Le jeune Prince les conduisit au travers d'un véritable labyrinthe de sentiers cachés jusqu'à ce que le palais soit loin derrière eux. Ils ne rencontrèrent aucune patrouille de recherche et ils progressèrent rapidement vers leur but. A un moment donné, le Docteur pensa qu'ils venaient de dépasser la porte secrète qu'il avait découverte plus tôt, mais Giuliano ne ralentit pas l'allure. Les jardins n'offraient aucun point de repère et les sentiers et les grottes se ressemblaient tous.

Vingt minutes plus tard, le chemin devint raide et caillouteux, puis redescendit brusquement vers une petite rivière. Une côte boisée s'élevait à une trentaine de mètres de là, sur l'autre rive. Giuliano leur indiqua les pierres émergées qui permettaient de traverser le courant, puis les conduisit vers la pente rocheuse.

De l'autre côté, au pied de la colline, s'étendait un champ de blocs de maçonnerie et de piliers brisés d'origine grecque ou latine. Les ruines étaient très anciennes et envahies par la mousse et la vigne sauvage.

« Nous y sommes », dit Giuliano, tout en écartant un buisson pour montrer un passage secret s'enfonçant dans le flanc de la colline.

Le Docteur scruta les ténèbres rébarbatives, avant de se tourner vers ses deux compagnons.

« Je vais continuer seul à partir d'ici... »

Giuliano allait protester mais Sarah lui prit le bras et secoua la tête. C'était une affaire que seul le Docteur pouvait résoudre. Elle avait appris à reconnaître les moments où il valait mieux ne pas intervenir... lorsque le Docteur semblait guidé par des forces intérieures plus ou moins compréhensibles pour les humains. Comme c'était maintenant le cas...

Le Docteur empoigna fermement son épée et, sans un mot de plus, disparut dans le sombre tunnel.

Cachée sur l'autre rive du cours d'eau, une silhouette casquée observa Giuliano et Sarah qui se mettaient à couvert derrière une colonne en ruine. L'homme était vêtu de la livrée jaune et pourpre de la garde personnelle de Federico. Il attendit quelques instants encore pour s'assurer que les deux jeunes gens n'avaient pas l'intention de partir, puis se glissa furtivement sous les arbres, en direction du palais.

Federico allait et venait dans sa chambre, tel un insomniaque agité, lorsqu'il y eut un bref coup à la porte. Le capitaine surgit dans la pièce, le souffle court.

« Messire, on les a trouvés ! Ils sont avec le Duc Giuliano au temple en ruine ! »

Les yeux fatigués de Federico s'écarquillèrent sous l'effet de la surprise.

« Le Duc est avec eux ? Tu en es sûr ?

— Sans ça mes hommes se seraient saisi d'eux », acquiesça le capitaine avec véhémence.

Federico s'arrêta et un mauvais sourire traversa son visage sombre.

« Tu as parlé du temple en ruine, n'est-ce pas ?

— Ils allaient dans cette direction. »

Le Comte soupesa avec soin cette information. Les grandes lignes d'un stratagème tortueux commencèrent à se mettre en place dans son esprit.

« Excellent, excellent..., murmura-t-il enfin. Une bonne occasion de résoudre d'un seul coup tous mes problèmes... »

Le capitaine gratta nerveusement sa cicatrice, pas très sûr d'avoir compris où voulait en venir son maître.

« On va faire passer ça pour un sacrifice, poursuivit le Comte, savourant mentalement son plan. Un sacrifice humain destiné aux dieux. Et nos mains resteront propres », se félicita-t-il par avance, et avec un certain délice.

L'admiration et le respect apparurent sur le visage du capitaine quand il comprit le sens de la pensée de Federico. « Un sacrifice... oui... Ces maudits païens qui adorent Demnos...

— Réunis tes hommes en vitesse ! ordonna Federico, qui claqua des doigts pour qu'on lui apporte son manteau. Je les conduirai moi-même. »

Le Docteur avançait à tâtons le long du tunnel plongé dans les ténèbres. Contrairement au reste des catacombes, il n'y avait pas de torche pour l'éclairer et il lui fallut une dizaine de minutes pour parcourir les cent premiers mètres.

Passé un moment, il commença à remarquer une subtile modification dans l'atmosphère qui l'entourait. Un léger courant d'air passa sur son visage, ce qui indiquait l'existence d'une grande ouverture quelque part devant lui. Il accéléra le pas. Les parois du tunnel se firent alors plus distinctes, preuve qu'une source de lumière se trouvait non loin de là.

Le tunnel s'élargit brusquement et, passé un dernier coude, le Docteur déboucha dans la chambre sacrificielle. Il se rendit alors compte qu'il se trouvait exactement à l'opposé de la sortie qu'il avait empruntée pour s'enfuir avec Sarah.

Il scruta attentivement la caverne. Celle-ci était vide dans la lumière incertaine dispensée par les torches fixées à ses parois.

L'autel nu et grisâtre s'élevait au centre de la caverne en ruine.

Le Docteur traversa furtivement l'espace jonché de pierres et s'approcha de l'autel. Soudain un craquement s'éleva derrière lui et il se figea.

Silence.

Il resta plusieurs secondes aussi immobile qu'une statue, tendu à l'intérieur comme un ressort.

Mais le bruit ne se reproduisit plus. Le Docteur explora une fois de plus la caverne. La lumière des torches projetait d'étranges ombres dansantes sur les parois, des formes grotesques qui apparaissaient et disparaissaient tels des fantômes ; en dehors de cela, la salle était vide de toute vie.

Il reprit sa progression vers l'autel. Et à la seconde où il atteignait la marche la plus basse, le bruit se produisit à nouveau, cette fois, bien plus fort. On aurait dit que les murs allaient s'écrouler. Soudain, la caverne fut illuminée par une lumière bizarre qui brûla les yeux du Docteur. Il fut tout à coup pris d'un irrésistible besoin de fuir. Mais, alors qu'il courait vers l'entrée du tunnel, un énorme mur se matérialisa devant lui avec un bruit assourdissant. Aveuglé, le Docteur fila en trébuchant vers l'autre extrémité de la caverne et un deuxième mur lui coupa la route. Le temple fantôme de Demnos était en train de surgir sous ses yeux ! Pris de panique, il chercha désespérément une issue mais il s'aperçut que d'épais murs de pierre le cernaient complètement. Il était pris au piège.

C'est alors qu'un autre bruit, différent du premier, assaillit ses oreilles. Le cri plaintif et haut perché de l'Energie de Mandragore ! Le Docteur avait l'impression que le hurlement tournoyait en cercles de plus en plus petits tout autour de sa tête. Et, dans une véritable explosion, il le sentit pénétrer dans son crâne. Son cerveau fut transpercé par un son insupportable qui se mit à augmenter sans cesse et résonna jusqu'au plus profond de son être. Le Docteur se sentit emporté dans un tourbillon sonore vertigineux. Il tomba à genoux, le visage déformé par une douleur indescriptible. Au même instant, un rire tonnant éclata dans le temple souterrain, comme pour se moquer de son agonie.

A l'extérieur des catacombes, Giuliano et Sarah attendaient, assis sur l'une des colonnes abattues. Sarah se sentait anxieuse et nerveuse, mais évitait de le montrer. La confiance tranquille du jeune Duc l'impressionnait et elle ne voulait pas lui faire savoir à quel point elle estimait désespérée leur situation présente. Giuliano se mit à parler d'une voix à la fois douce et ferme et elle découvrit alors à quel point elle le trouvait attirant. Le fait que cinq siècles d'histoire, et non simplement un mètre d'herbe, les séparaient en réalité ne faisait qu'accroître la fascination que le jeune Prince exerçait sur elle. Et c'est avec beaucoup d'intérêt qu'elle l'écoutait parler de ses études.

« Voyez-vous, dit-il d'une voix sérieuse, je crois à la théorie qui veut que le monde soit une sphère.

— J'ai bien peur que cette idée ne mette du temps à s'imposer, dit Sarah, souriante.

— Et pourquoi donc ? s'exclama Giuliano. D'autres savants sont déjà arrivés à la même conclusion et pensent que la Terre ne peut être plate parce que... »

Sarah lui agrippa soudain le bras.

« Qu'est-ce que c'est... ? souffla-t-elle.

— Mais rien... Vous savez, si on y réfléchit, c'est vraiment évident. C'est... »

Il s'interrompit brusquement et tira son épée. Sarah suivit son regard. Tout autour d'eux, les buissons s'écartèrent pour dévoiler des soldats de Federico en train d'avancer vers eux, l'épée à la main.

« Vite, le Docteur ! » s'écria Giuliano en poussant Sarah.

Pendant qu'elle se précipitait vers l'entrée secrète, Giuliano sauta par-dessus la colonne brisée pour se retrouver le dos contre la paroi de pierre. Au même instant, une voix s'éleva de l'autre côté de la petite rivière :

« Tuez-le ! »

Giuliano eut juste le temps d'apercevoir la forme menaçante de son oncle avant que les soldats ne se jettent sur lui dans une rafale de métal cliquetant.

Sarah atteignit l'entrée des catacombes et s'y engouffra. L'obscurité la surprit et l'obligea à rester immobile l'espace de plusieurs secondes. Puis, criant de toutes ses forces le nom du Docteur, elle se précipita au cœur des ténèbres.

« Docteur ! *Docteur !* »

L'écho de sa voix se propagea faiblement le long

du tunnel sinueux qu'elle suivait en courant et en gémissant sous l'effort.

Quelque chose bougea devant elle dans l'obscurité. Elle se précipita et trébucha.

« Docteur ! »

Une main lui enserra la gorge. Elle hurla de terreur et se débattit. Mais d'autres mains s'emparèrent de ses bras et de ses jambes avec la force d'un étau. Puis, une voix spectrale lui murmura à l'oreille, dans le noir :

« Demnos ne sera pas privé de son plaisir, cette fois... »

Le sang de Sarah se glaça quand elle reconnut les intonations macabres du Grand Prêtre.

CHAPITRE VII

L'APPEL DU MAL

Reprenant conscience, le Docteur parvint à bouger. La tension avait raidi ses muscles et son visage était aussi gris que le sol froid sur lequel il gisait. Il releva la tête et, immédiatement, des vagues de nausée envahirent son corps. Il se sentait vidé de toute énergie, de toute volonté. C'était comme si Mandragore avait voulu lui démontrer, d'un geste du petit doigt, à quel point il était faible et chétif.

Il se remit difficilement sur ses pieds, combattit le vertige qui continuait à le dominer. Mille marteaux frappaient ensemble à l'intérieur de son crâne et les parois de la caverne flottaient devant ses yeux, comme s'il était ivre.

Alors qu'il se tenait debout en oscillant sur ses pieds, un cri lointain pénétra le vacarme assourdissant qui martelait l'intérieur de son crâne. Il lui parut familier, mais sans qu'il soit capable de lui donner un sens.

Il l'entendit à nouveau. Un cri lointain et désespéré, et cette fois, il le reconnut. C'était son nom. Quelqu'un l'appelait. Il jeta un regard brumeux autour de lui. Des lumières tremblotantes sur une paroi rocheuse indistincte. Un autel de pierre solitaire. Une épée nue non loin de là sur le sol.

Tout à coup, son cerveau se remit à tourner et il se souvint. Les cris avaient cessé. Il s'empara de l'épée et lutta pour rejoindre la sortie.

A l'extérieur des catacombes, Giuliano défendait sa vie. Mais le simple fait qu'il soit toujours leur Prince empêchait ses agresseurs de pousser jusqu'au bout leur avantage. Ses arrières protégés par le rocher, Giuliano parvenait à contenir leur assaut.

« Ainsi, mon oncle, s'écria-t-il, vous avez besoin d'une armée pour accomplir votre travail ! »

Il abattit un garde d'un coup d'estoc bien mené.

Embusqué de l'autre côté de la rivière, Federico hurlait des ordres et des injures à ses hommes :

« Allez, bande de chiens sans tripes ! Il est seul ! »

Tout à coup, les soldats qui se trouvaient à la droite de Giuliano commencèrent à reculer sous les assauts d'un second escrimeur qui venait de s'attaquer à eux.

« Vous ne savez pas compter, Comte ! » s'exclama une voix familière, et la haute silhouette du Docteur apparut, l'épée au poing.

Surpris par ce renfort aussi inattendu que vigoureux, les hommes de Federico s'éparpillèrent momentanément.

« Occupez-vous aussi du sorcier ! ordonna Federico. Une pièce d'or à celui qui le pourfendra ! »

Aiguillonnés par les menaces de leur maître, les soldats repartirent à l'assaut. L'un d'eux, un gaillard costaud à l'air sournois, finit par se retrouver dans le dos du Docteur et leva son épée.

« Derrière vous, Docteur ! » avertit Giuliano.

En un seul mouvement, le Docteur fit un saut de

côté, désarma le soldat d'un coup sur le poignet et l'envoya s'étaler au milieu de ceux qui serraient Giuliano de près. La diversion permit au jeune Prince de se retrouver aux côtés du Docteur.

« Bien... On y va ! » s'écria le Docteur.

Leurs épées tournoyant sans cesse, les deux hommes reculèrent vers les ruines pendant que leurs agresseurs les encerclaient comme une meute de loups. Soudain, Guiliano lâcha son épée et s'effondra avec un cri de douleur. Il venait de recevoir un méchant coup à l'épaule droite.

« Mort à Giuliano ! jeta Federico avec un cri de triomphe. Maintenant ! Maintenant ! »

Mais le Docteur se dressa au-dessus du Prince blessé et soutint l'attaque. A la vitesse de l'éclair, il s'occupa des deux premiers assaillants. Puis, détournant les coups d'un troisième, il projeta son pied contre le plastron de l'homme et l'envoya rouler dans les jambes de la ligne qui arrivait derrière.

Les attaquants s'arrêtèrent momentanément et le Docteur en profita pour rassembler ses forces en vue de ce qui allait être l'assaut final. Il se redressa, essoufflé. C'est alors qu'une horde de silhouettes encapuchonnées jaillit soudainement du flanc de la colline, comme des fourmis de leur nid.

« Les frères de Demnos ! » hurla Federico, épouvanté.

Il vit la vague noire déferler sur ses gardes et les mettre en déroute. L'attaque fut si rapide et si inattendue que les hommes de Federico n'eurent pas le temps de se regrouper. Les frères n'étaient armés que de bâtons et de couteaux mais leur nombre accabla les gardes, qui commencèrent à battre en retraite dans la plus grande confusion.

« A moi ! A moi ! Au palais ! »

Le visage assombri par la rage, Federico rallia ses hommes à lui. Les soldats traversèrent la rivière dans la plus grande débandade, en se gênant les uns les autres. Le capitaine balafré les attendait sur l'autre rive. Dès qu'ils sortaient de l'eau, trempés et dépenaillés, il les insultait et les frappait. Le Docteur profita de la mêlée pour remettre Giuliano sur pied et les deux hommes purent se glisser discrètement dans les catacombes. Le fait que les frères aient choisi de les aider contre le Comte intriguait le Docteur. Mais il n'avait guère le temps de méditer sur les origines de cette fuite miraculeuse.

Comme ils pénétraient dans le tunnel, les deux hommes entendirent un bruit de course devant eux. Le Docteur n'eut que le temps d'obliger Giuliano à se presser avec lui au fond d'un renfoncement du mur avant de voir passer une douzaine de frères. Le Docteur sentit la laine de leurs manteaux noirs frôler son visage mais dans leur hâte les frères n'eurent pas la mauvaise idée de les découvrir.

« Nous avons eu de la chance ! souffla le Docteur en aidant Giuliano à sortir du renfoncement. Qu'est-il arrivé à Sarah ?

— Elle s'est enfoncée là-dedans pour vous chercher, répondit le Prince en essayant de percer les ténèbres du regard. Vous voulez dire que vous ne l'avez pas vue ?

— Elle doit être en train d'errer dans ces catacombes, fit le Docteur en secouant la tête. Venez ! »

Il se remit en marche mais stoppa brusquement en entendant Giuliano pousser un gémissement et s'écrouler sur le sol.

« Vous feriez mieux de me laisser jeter un coup d'œil à ce bras », dit doucement le Docteur.

Il avait sous-estimé l'importance de la blessure de

Giuliano. Il déchira la manche trempée de sang et étudia la blessure du mieux qu'il put dans cette quasi-absence de lumière. La pointe de l'épée avait pénétré juste au-dessus de l'omoplate. Par chance, l'arme n'avait fait que traverser la chair et aucun organe important n'avait été touché. Le Docteur commença à bander la blessure d'une main experte, en se servant de la chemise déchirée. Les traits tirés et le visage pâle, Giuliano tentait de dissimuler la douleur qu'il éprouvait.

« On voit que vous n'avez pas passé toute votre existence dans les livres, Docteur, dit-il avec gratitude. Et je vous dois la vie. »

Le Docteur se concentra sur sa tâche.

« Le meilleur bretteur que j'aie jamais connu était un capitaine — voilà qui étanchera le sang — oui, un capitaine de la garde personnelle de Cléopâtre. (Il resserra au maximum la bande de tissu et fit un nœud.) Et il fut assez aimable pour me communiquer quelques astuces. Restez tranquille, maintenant... »

Giuliano grimaça de douleur lorsque fut bloqué le tourniquet.

« Avez-vous été au temple, Docteur ?

— Oui. La Spirale de Mandragore est bel et bien là et prépare quelques tours désagréables. Voilà, nous y sommes », dit-il en reculant pour admirer son œuvre et en souriant au Prince d'un air encourageant.

Giuliano sentit la douleur refluer. Le Docteur l'aida à se redresser et ils reprirent leur marche dans les ténèbres.

« Allons-y maintenant. Il faut que je sache ce qui est arrivé à Sarah... » dit le Docteur.

Le Grand Prêtre conduisit Sarah et ses gardes au travers d'un dédale de tunnels creusés dans le rocher. Il tenait une torche allumée au-dessus de sa tête. Ça et là, des filets d'eau coulaient le long des murs pour former de petits ruisseaux sur le sol et, à plusieurs reprises, Sarah aperçut des chauves-souris géantes agglutinées au plafond, la tête en bas. Tous ses agresseurs, en dehors du Grand Prêtre, étaient masqués et leurs traits grotesques lui jetaient de temps à autre de véritables regards de spectres échappés de l'Enfer. Ces visages avaient quelque chose de profondément mauvais, quelque chose d'inhumain qui fit se glacer le sang de la jeune femme. Elle savait tout au fond d'elle-même qu'il ne servirait à rien d'essayer de raisonner ces gens. C'était des fous, des fanatiques, imperméables à toute forme de compassion. Elle avait eu la chance de leur échapper une première fois mais ils paraissaient bien décidés à ce que cela ne se reproduise pas.

Le Grand Prêtre s'arrêta d'un coup. Ils venaient d'atteindre un cul-de-sac et un mur aveugle s'élevait devant eux. Le Grand Prêtre appuya sa main droite contre une des pierres. Le mur s'écarta alors mystérieusement pour révéler l'existence d'une antichambre de bonne taille.

Sarah fut poussée à l'intérieur. Le mur se remit en place derrière elle. Elle découvrit alors qu'un personnage sinistre l'attendait, le visage dissimulé par un affreux masque d'or pur. Le nez était aplati et cruel, les joues sillonnées de profondes rides tourmentées et les yeux, des fentes étroites dissimulant ceux de l'inconnu. Celui-ci portait une robe pourpre richement décorée et avait la tête recouverte d'un capuchon de la même couleur.

Sarah détailla l'apparition avec une expression à la fois terrifiée et désorientée. Son cœur sauta un battement. Elle avait eu beau être droguée alors, elle n'en reconnut pas moins le personnage masqué qui avait officié lors du sacrifice.

Le Grand Prêtre poussa Sarah en avant.

« C'est un bon présage. Le Puissant Demnos nous a livré lui-même sa victime. Elle a été choisie pour être sacrifiée. »

Le personnage masqué s'avança vers Sarah et l'examina de près.

« Cette femme assistait le sorcier étranger. Elle pourrait aider à sa mort avant sa propre heure de gloire. »

Le Grand Prêtre resta stupéfait.

« Mais Maître, le long couteau de notre dieu a soif de sang...

— Patience, répliqua le personnage masqué. Avant la fin de la nuit, le sang coulera à flots. Je te le promets. »

Son ton de commandement réduisit au silence son acolyte, lequel baissa la tête en signe d'obéissance.

« Nous, les frères, nous nous plions à tes ordres, Maître.

— Alors attachez-la de façon à ce qu'elle ne puisse plus se débattre ni crier... et amenez-la dans ma chambre. »

Avant d'avoir pu protester, Sarah fut saisie sans ménagement. Un bâillon fut introduit de force dans sa bouche et de grosses cordes furent produites d'un placard pour lui lier les poignets et les bras. Puis le Grand Prêtre enclencha un mécanisme secret dans le mur et la jeune femme se retrouva, une fois de plus, projetée dans le monde souterrain et interdit des frères de Demnos.

Couvert de sueur et le souffle court, le Comte Federico se laissa tomber dans un des fauteuils de velours rouge de son appartement seigneurial. Il montrait un visage renfrogné pendant qu'un serviteur lui tamponnait le front à l'aide d'un grand mouchoir de soie. La musique d'une fanfare en provenance des portes de la ville entrait dans la pièce par la fenêtre ouverte. Au même instant, il y eut un coup à la porte et le capitaine balafré entra, visiblement inquiet.

« Messire, le Duc de Milan arrive ! »

Cette mauvaise nouvelle supplémentaire le fit se renfrogner un peu plus.

« Ote-moi cette saleté d'ici ! jeta-t-il au serviteur. Je veux du linge propre. Dépêche-toi, bon à rien ! »

Le serviteur détala. Federico traversa la pièce jusqu'à la fenêtre et jeta un regard furieux aux toits qui s'étendaient devant lui.

« Cette vieille face de renard vantarde de Doge va arriver dans l'heure qui vient. Les éclaireurs de sa troupe sont déjà en train de se saouler dans nos tavernes ! dit-il en se retournant pour fixer le capitaine.

— Que va-t-on faire, messire ? Il va falloir les accueillir.

— Ce gros clown de chancelier s'en occupera ! tonna Federico. On n'a qu'à dire que j'ai été terrassé par une fièvre. Avant que la nuit tombe, on a encore pas mal de travail à faire tous les deux, Rossini, ajouta-t-il en donnant une bourrade au plastron du capitaine pour appuyer ses paroles.

— J'ai encore une vingtaine d'hommes qui cherchent le Prince. Il n'est pas revenu au palais.

— Alors, c'est en ville qu'il faut chercher. Il doit se cacher dans quelque bouge puant. (Le visage de Federico s'approcha à quelques centimètres de celui de Rossini.) Je suis allé trop loin pour m'arrêter maintenant. Il faut que je voie le foie de Giuliano jeté aux chiens avant le lever du soleil ! »

Ses yeux brillèrent alors qu'il crachait ces mots au visage du capitaine. Rossini resta parfaitement immobile, sans reculer d'un centimètre. Il avait l'habitude des crises de colère de son maître.

« Mais il faudra faire ça discrètement, avança-t-il au bout d'un instant. Avec tous ces visiteurs de haut rang installés à San Martino...

— Paysan ! Crois-tu que j'ai besoin de ta cervelle de porc pour m'aider ? dit Federico en frappant violemment le capitaine à la joue.

— Messire...

— Ecoute-moi bien, Rossini. Giuliano est un traître ! Le prince d'un état catholique en train de s'aboucher avec les partisans de Demnos ! En train de prendre part à leurs sales rites maudits. On l'a vu, toi et moi ! (Sa voix atteignit un crescendo.) Oh, non, cela ne va pas se passer comme ça... Maintenant, je le tiens ! fit-il en se frappant la paume avec satisfaction. Je le tiens ! Le Très Saint Père me baisera lui-même la main pour me remercier d'avoir nettoyé l'Etat de San Martino. »

Il effleura des lèvres les articulations de sa main tout en jetant un mauvais regard en coin à Rossini.

Le Docteur et Giuliano ne progressaient que lentement le long des tunnels sinueux. Souvent, les allées et venues des frères de Demnos les contraignaient à s'arrêter et à se dissimuler. Les secta-teurs semblaient être postés à toutes les entrées de la caverne et le Docteur fut obligé de suivre un chemin circulaire que chaque intersection rendit un peu plus confus.

Ils s'étaient trompés quelque part. Le Docteur n'avait jamais pénétré auparavant dans un tel labyrinthe, un tel enchevêtrement de corridors malo-dorants. Il se sentait dépassé, impuissant... prison-nier d'une nouvelle variété d'Enfer. Il se rendit compte qu'il devait être épuisé : cela faisait mainte-nant plusieurs jours qu'il n'avait pas dormi. La pensée de retrouver Sarah avait beau devenir de plus en plus floue dans son esprit, le Docteur n'en poursuivit pas moins ses recherches. Où qu'elle soit et quoi qu'il ait pu lui arriver, il s'en sentait responsa-ble, et il était le seul à pouvoir faire quelque chose pour elle. Il raffermit sa prise sur le prince blessé et allongea le pas.

Durant ce qui lui parut être une éternité, Sarah se retrouva à moitié poussée à moitié traînée tout au long d'un dédale sans fin de sombres couloirs de pierre. Glacée, meurtrie et complètement épuisée, elle finit par sombrer dans une demi-inconscience, le corps engourdi par les liens trop serrés. A un moment donné, elle crut sentir le sol remonter sous ses pieds, mais peut-être n'était-ce qu'un effet dû à sa fatigue. Elle se souvint d'avoir ensuite grimpé une volée de marches et d'avoir été conduite dans une atmosphère plus chaude, plus renfermée et à l'odeur écœurante. Elle avait dû alors s'évanouir car, lorsqu'elle se réveilla, elle était allongée sur une paillasse dans un coin d'une pièce, toujours ligotée et bâillonnée.

Un épais rideau de laine séparait l'endroit où elle se trouvait du reste de la pièce. Elle entendit des voix murmurer de l'autre côté du rideau mais fut incapable de comprendre ce qu'elles disaient.

« Pourquoi avez-vous fait appel à nos frères pour sauver le jeune Prince, Maître ? »

C'était le Grand Prêtre qui venait de parler. Il s'adressait à voix basse à Hieronymus. Les deux hommes se trouvaient à l'extrémité opposée de la chambre de l'astrologue. Le vieux devin venait d'ôter son manteau et son masque et s'employait maintenant à jeter des herbes et des poudres dans un liquide qui bouillonnait au fond d'un pot.

« Il se trouve que sa vie a encore de la valeur, répondit-il avec un grand calme.

— Mais, aux yeux de Demnos, il ne vaut pas plus que n'importe lequel des incroyants. »

Hieronymus cessa de remuer sa potion et fixa le Grand Prêtre d'un curieux regard perçant.

« Le rendez-vous de Giuliano avec la mort est déjà pris. Ni le Comte Federico, ni aucun autre mortel ne pourra passer avant le puissant Demnos !

— J'ai bien peur que le Comte envoie maintenant tous ses soldats contre nous », dit le Grand Prêtre après avoir acquiescé avec respect.

Hieronymus leva les bras au ciel dans un geste rituel.

« Ayez foi, mes Frères ! Vous avez tous vu le signe de Demnos ! lança-t-il, le regard brillant d'une ferveur démente.

— Le miracle, tel qu'il avait été écrit dans les prophéties, répondit le Prêtre sur le ton de l'incantation.

— Alors, faites passer le mot dans toute la ville : que le temple sacré soit désormais gardé. La demeure du grand dieu ne doit être en aucun cas souillée par des incroyants dans les heures à venir ! Et maintenant, va ! Dépêche-toi ! »

Il désigna la porte d'un geste autoritaire. Le Grand Prêtre s'inclina bien bas et quitta les lieux sans un mot de plus.

Hieronymus retourna à sa mixture. Il tira une mesure du contenu du pot, y ajouta de l'eau et huma avec attention le résultat obtenu. Apparemment satisfait, il transvasa le mélange dans un verre, qu'il posa ensuite délicatement sur la table.

Puis il traversa la pièce et tira en arrière le rideau de laine qui dissimulait l'alcôve. Il observa le corps ficelé et bâillonné qui gisait sur la paillasse.

Sarah considéra sa brusque apparition avec un mélange d'angoisse et de curiosité. Elle n'avait jamais vu auparavant ce personnage barbu et bizarrement vêtu et, pourtant, elle discerna en lui quelque chose de familier. Elle se demanda si ce n'était pas, en fait, l'infâme Hieronymus dont le Docteur lui avait parlé, le vieil imposteur en personne... Et maintenant qu'elle pouvait voir le reste de la pièce, elle lui trouva immédiatement l'air typique d'une tanière d'astrologue et de magicien.

Le personnage s'agenouilla auprès d'elle et ôta avec douceur le bâillon de sa bouche. Puis, il défit les liens qui immobilisaient ses poignets. Sarah s'étira les bras et le cou avec soulagement. Elle était libre de ses mouvements mais trop faible pour ne pas s'effondrer sur-le-champ.

Entre-temps, l'inconnu était allé jusqu'à une table pour y prendre un verre rempli d'un liquide très coloré, qu'il porta aux lèvres de Sarah.

« Ne résiste pas, mon enfant », dit-il d'une voix mielleuse et douce. Et pas tout à fait inconnue...

Les émanations de la potion s'infiltrèrent dans les narines de Sarah, avec le piquant d'un mets épicé. La jeune femme toussa violemment et perdit un instant sa respiration.

« Cet arôme est des plus doux », murmura l'étranger.

Il lui tint la tête et commença à lui faire couler de force la mixture dans la gorge. Sa prise était douce mais insistante. Affaiblie par les épreuves endurées, Sarah ne put s'empêcher d'en avaler une ou deux gorgées.

Une sensation d'étourdissement s'empara immédiatement de son corps. Sa tête devint lourde et brumeuse. La pièce s'assombrit et tournoya autour d'elle.

C'est alors que son attention fut attirée par un objet brillant qui scintillait à quelques centimètres de son visage. Un pendentif de cristal qui se mit à se balancer doucement devant ses yeux. Elle entendit ensuite une voix lointaine :

« Et maintenant, mon enfant... qui est ton maître ? »

La voix était chaude et amicale. Sarah semblait l'avoir connue toute sa vie. Elle ressentit un élan de confiance et d'affection envers les paroles douces et mielleuses.

« Je suis votre servante, s'entendit-elle répondre.

— Et le Docteur ? »

Sarah ne parla pas tout de suite. Une pensée absurde venait de se former dans son esprit ; quelque chose qu'elle avait toujours su, quelque chose d'une évidence aveuglante. Quelle imbécile n'avait-elle pas été de ne pas s'en être aperçue plus tôt. Ses étranges manières..., ses pouvoirs extraordinaires..., les objets magiques qu'il possédait...

« Le Docteur est un sorcier.

— Et ?... »

Le sombre visage souriait derrière le cristal en mouvement.

« Le Docteur est mauvais.

— Et ? »

Sarah lutta pour trouver l'inspiration. Cette voix amicale était bonne. Le Docteur, lui, était son ennemi. Donc, le Docteur était mauvais.

« Et il doit être éliminé. »

Sarah hoqueta en prononçant ces mots. Le cristal tournoya de plus en plus vite. La boule de lumière hypnotique imprimait son image dans le cerveau de Sarah, effaçant en lui tous les autres sentiments à l'exception de l'attraction produite par la voix séduisante.

« Tu oublieras tout ceci. Tout, sauf ta mission. »

Sarah acquiesça. Le cristal disparut subitement, remplacé par un objet de métal froid, long et pointu, et qui lui caressait la main.

« Lorsque tu seras près de lui et que le Docteur ne se méfiera pas, tu le poignarderas, ordonna la voix. Même une simple égratignure suffira. »

Sarah fixa sa main d'un regard brouillé et y découvrit une grande épingle d'acier luisant d'une douzaine de centimètres de long.

« La main d'un ami est une arme subtile mais efficace, dit l'inconnu en reprenant la grande épingle et en la passant doucement dans le tissu de la robe de Sarah, afin qu'elle ressemble à une broche.

« Maintenant, tu vas retourner auprès du Docteur. Comme il va être heureux de retrouver sa compagne... Et, lorsque je te l'ordonnerai, tu le tueras ! »

Il conduisit Sarah jusqu'à un escalier dissimulé derrière un rideau. Là, plongeant une fois de plus son regard dans le sien, il lui ordonna de partir. Complètement hypnotisée et envoûtée, Sarah hocha doucement la tête et s'engagea sur les marches. Elle connaissait parfaitement sa mission : tuer le Docteur !

CHAPITRE VIII

TORTURE !

« Alors ? »

Le mot, lancé sur un ton menaçant, resta suspendu en l'air, comme la lame du bourreau, au-dessus de la tête de Rossini.

Le capitaine jeta un regard misérable à la décoration du sol de la chambre de Federico.

« Rien, messire », laissa-t-il échapper d'une voix craintive.

Les yeux de Federico s'étrécirent et la fureur déforma ses traits.

« Rustre ! Quels étaient mes ordres ?

— On a cherché partout... »

Federico quitta son siège et fonça droit sur le capitaine. Sa cravache se leva, menaçante.

« Fumier ! »

Il cingla la joue du capitaine, y imprimant une marque rouge. Le capitaine tressaillit mais ne céda pas un pouce de terrain.

« Trahis-moi, Rossini, et je te jure que tu déjeuneras assis sur des charbons ardents ! Je veux que tu m'apportes la tête du Duc cette nuit ! s'écria-t-il en balayant tout ce qui se trouvait sur la table d'un coup de cravache. Je veux pouvoir cracher dans ses orbites aveugles avant le lever du jour !

— Messire, il ne reste plus que les catacombes..., répondit le capitaine en pesant ses mots et sans quitter le fouet des yeux.

— Les catacombes !

— Une centaine d'hommes pourraient y chercher quelqu'un pendant un mois sans le découvrir. On dit même qu'il y a des endroits où les fientes de chauve-souris y ont une épaisseur de deux fois la taille d'un homme.

— On dit ! On dit ! siffla dédaigneusement le Comte. La vérité, Rossini, c'est que tu n'as pas assez de tripes.

— Si vous le souhaitez, monseigneur, je peux prendre la garde tout entière et commencer les recherches dès cette nuit... »

Federico poussa un grognement et traversa la pièce, l'air songeur.

« Non..., c'est vrai, finalement. S'il est dans ce terrier, il sera plus difficile de l'y retrouver qu'un pou dans les hardes d'un mendiant... (Il s'arrêta un instant.) Mais il faudra bien qu'il en sorte un jour ou l'autre... Ou alors, il crèvera comme un rat d'égout », conclut-il, l'index levé.

Le capitaine se permit un sourire.

« Et quand ça arrivera, on sera prêt pour le recevoir !

— Bien sûr, imbécile. Mieux, ricana Federico, nous allons prouver que le Duc Giuliano était en fait un adorateur secret de Demnos ! »

Le jeune Prince respirait avec difficulté et la douleur était revenue. Le Docteur s'arrêta un instant pour lui permettre de souffler. Immobiles dans les ténèbres, ils pouvaient entendre les chauves-souris bouger et piailler au-dessus de leurs têtes.

« Docteur, ces catacombes empestent le mal ! »
hoqueta Giuliano.

Le Docteur parut surpris.

« Ne me dites pas que vous avez peur ?

— Bien sûr que non ! répliqua le Prince d'une
voix ferme.

— Alors, allons-y ! »

Le Docteur le força à se redresser. C'est alors
qu'il y eut un bruit grinçant et qu'une partie du mur
commença à bouger.

« Docteur ! » chuchota Giuliano.

Un gros pan de mur pivota sur le côté pour
dévoiler un passage secret. Le Docteur devina qu'il
en avait actionné le mécanisme lorsqu'il s'était
appuyé pour relever Giuliano.

« Ceux qui ont construit ces lieux dans l'Antiquité
avaient deux ou trois tours dans leur sac... »,
déclara le Docteur, avec un petit sourire.

Il pénétra dans le passage secret, imité par
Giuliano. Le pan de mur se remit immédiatement en
place derrière eux. Ils découvrirent un corridor en
courbe, éclairé à intervalles réguliers par des torches fixées aux murs.

Le Docteur se rendit alors compte qu'il venait en
fait de retrouver la porte par où était passé la
première fois le personnage masqué. Mais cette
fois, ils étaient en sens inverse. Donc, ils allaient en
direction du palais !

Soudain, il y eut une sorte de gémissement.

« Est-ce vous, Giuliano ?

— Non. »

Le Docteur tira son épée et s'avança avec précaution dans le tunnel, lequel faisait un coude une
quinzaine de pas plus loin. A cet endroit, la lumière
paraissait plus forte. Le Docteur tourna au coin du

mur et laissa échapper un petit cri de surprise. Il venait de découvrir la forme prostrée du corps de Sarah Jane gisant sur le sol.

« Sarah ! »

Le Docteur se précipita et vint s'agenouiller auprès d'elle. Giuliano ne tarda pas à les rejoindre.

« Est-ce qu'elle va bien ?

— Je le crois, répondit le Docteur en secouant doucement la jeune femme par l'épaule. Sarah... Sarah... »

Les yeux de la jeune femme finirent par s'ouvrir et par jeter un regard brouillé sur tout ce qui l'entourait.

« Où... suis-je ? dit-elle en essayant de s'asseoir pendant que le Docteur passait son bras autour d'elle.

— Ses yeux sont étranges », remarqua Giuliano.

Le Docteur acquiesça.

« Que vous est-il arrivé, Sarah ?

— Les frères..., il y en avait deux qui... Je ne me souviens pas de grand-chose.

— Pourquoi l'auraient-ils laissée ici, fit Giuliano, les sourcils froncés.

— Peut-être comptaient-ils revenir la prendre, avança le Docteur en inspectant des yeux les alentours. Ce couloir passe sous le palais.

— Comment le savez-vous ? s'étonna Giuliano.

— La première fois que j'ai aperçu le chef de ce culte, l'homme masqué, il venait par là. Il y a de fortes chances pour qu'il utilise régulièrement ce passage. (Les yeux bleu clair du Docteur fixèrent ceux du Prince.) Je ne pense pas que les Intelligences de Mandragore aient détourné sans motif le TARDIS en direction de ce point précis de l'espace-temps. Il devait déjà se trouver ici quelqu'un qui était réceptif à son influence. Il y avait probablement une sorte de lien ténu entre eux depuis des siècles. »

Giuliano comprit alors que le Docteur faisait référence aux frères de Demnos et à leur chef. La pensée que cette bande superstitieuse puisse posséder de réels pouvoirs fit naître un sombre pressentiment en lui.

« Donnez-moi votre main, Docteur, retentit la voix effrontée de Sarah, qui semblait avoir retrouvé subitement toutes ses forces.

— Etes-vous en mesure de bouger ? lui demanda le Docteur.

— Je le pense.

— Alors, venez. *Solvitur ambulando.*

— Pardon ?

— C'est du latin, expliqua Giuliano. On résoudra le problème en marchant, voilà ce que cela signifie...

— Oh ! fit Sarah. Merci bien ! Je ne connais rien au latin. Je ne parle même pas l'italien. Docteur, comment se fait-il que je comprenne Giuliano ? Voilà quelque chose à quoi je n'avais jamais pensé jusque-là... »

Le Docteur se tourna vers elle et lui lança un regard étonné.

« Ne vous inquiétez pas de cela, Sarah. J'essaierai de vous l'expliquer plus tard. »

Son visage trahissait la colère tandis qu'il les entraînait le long du couloir.

Marco attendait avec une impatience grandissante dans la chambre de Giuliano, en jouant avec le télescope posé sur la table. Son maître et les deux étrangers étaient partis depuis des heures et il commençait à sérieusement se poser des questions. Par bonheur, personne jusque-là ne s'était inquiété de ce qu'était devenu le Prince mais, il lui faudrait trouver tôt ou tard une explication à son absence. Il régnait une activité inhabituelle autour du palais. Marcc avait aperçu de nombreux gardes de Federico partir, puis revenir. Visiblement il y avait eut une escarmouche en dehors de la ville.

Marco frémit en évoquant le nom de Federico. Depuis des années, il avait nourri une peur croissante à l'égard des ambitions du Comte. A plusieurs reprises, il avait dû prendre la défense de Guiliano quand les mensonges empoisonnés de Federico avaient menacé de retourner le vieux Duc contre son propre fils. Et maintenant que le vieillard avait disparu, les menées de Federico pour s'emparer du trône ne connaissaient plus de limites.

Mais, quoi que pût réserver l'avenir, Marco se sentait fier et fort de sa loyauté envers le Prince.

Alors qu'il regardait par la fenêtre, l'esprit songeur, des coups violents contre la porte le tirèrent brusquement de ses pensées.

« Ouvrez ! Ouvrez ! Au nom du Duc Giuliano ! »

Marco se précipita vers la porte, ébranlée par de nouveaux coups. Dieu merci, il y avait encore des gardes restés fidèles au Prince. Il déverrouilla la porte.

Un escadron de piquiers, conduits par Rossini, se rua dans la pièce. Marco comprit trop tard que ce n'était pas les hommes de Giuliano mais ceux de Federico. Il tira son épée pour se défendre mais se retrouva vite submergé et traîné hors de la pièce.

Le Docteur s'arrêta et fit signe à Giuliano.

« Sommes-nous dans un endroit que vous connaissez ? »

Le couloir s'était élargi et les parois laissaient entrevoir de la briqueterie. Il y avait aussi une odeur diffuse qui laissait penser que des tonneaux de vin avaient été stockés près de là.

Giuliano eut un sourire.

« Nous sommes dans les cachots du palais. Je me rappelle tout à coup que mon père m'avait parlé d'un passage secret...

— Excellent, approuva le Docteur. Pensez-vous pouvoir le retrouver ? »

Giuliano s'enfonça avec précaution dans les ombres qui s'étendaient devant eux.

« Oui, c'est ici », murmura-t-il.

Il montra du doigt ce qui aurait pu passer pour une petite alcôve dans le mur. Mais lorsque le Docteur et Sarah se furent rapprochés, ils purent distinguer une volée de marches montant en spirale.

« C'est bon, suivez-moi, dit le Docteur. Et ne faites plus le moindre bruit », ajouta-t-il en s'avançant dans l'escalier, l'épée au clair.

Hieronymus était assis, seul, dans les appartements de Federico. Il avait demandé une audience et attendait le retour du Comte. Les étoiles venaient de lui révéler une conjonction particulièrement malheureuse. Les signes étaient flagrants et il manquerait à son devoir s'il n'en avertissait pas Sa Seigneurie. Cela dit, Hieronymus avait d'autres problèmes en tête et il se mit à y réfléchir tout en attendant le Comte. Les événements survenus lors des dernières vingt-quatre heures avaient mis en ébullition son être tout entier. Lui, Hieronymus, le fils d'un pauvre paysan de Bologne allait devenir l'intermédiaire de puissances dont les hommes n'avaient jamais rêvé ! Et son pouvoir s'étendrait non seulement sur San Martino et les autres Etats italiens mais aussi sur le reste du monde. Que pourrait-on lui refuser désormais ? Quels plaisirs, quels pouvoirs seraient hors de sa portée ? Ses lèvres tressaillirent lorsque des scènes d'une perversité non dissimulée lui traversèrent l'esprit.

Mais, pour l'instant, il devait se contenter d'attendre son heure en écoutant avec attention les paroles de Demnos et sans se mettre à dos le chatouilleux Federico.

Ses méditations furent abrégées d'un coup lorsque Federico entra en claquant la porte.

« Hieronymus ! »

Le Comte se planta au milieu de la pièce, hérissé par la colère.

« Vous voudrez bien me pardonner de ne pas me lever, Comte », répondit le devin d'une voix détachée.

Il commençait à en avoir assez des perpétuelles grossièretés de Federico.

Le Comte s'avança d'un pas et tira une dague de sa ceinture.

« Seuls les morts ne se lèvent pas en ma présence, Hieronymus. Ton manque de politesse va être vite corrigé ! »

Hieronymus se rendit alors compte qu'il avait mal évalué l'humeur de Federico et il se leva prestement alors que la dague progressait vers sa gorge.

« Monseigneur, épargnez votre vieux serviteur ! C'était seulement par amour pour vous... Je crains tellement pour votre vie que j'en suis comme paralysé ! »

Federico sourit.

« Mais je vois que ton engourdissement est passé, dit-il en rengainant sa dague avant d'aller se vautrer dans un fauteuil à haut dossier. Tu es un imposteur, Hieronymus, un fumiste et un charlatan. Un devin de fête foraine. Nous le savons tous les deux, n'est-ce pas ? (Il se pencha et donna un petit coup dans les côtes de Hieronymus) Aussi, n'oublie jamais de rester à ton humble place, astrologue de la cour. Ce sera la meilleure façon pour toi de conserver ta tête. »

Hieronymus s'inclina en tiraillant sur sa barbe.

« Mais je suis venu vous avertir, monseigneur.

— De quoi ?

— Il se trame des intrigues. Des complots se préparent et vous êtes en grand danger.

— Les seuls complots qui existent, riposta Federico avec un reniflement dédaigneux, sont les miens. Et, rassure-toi, ils sont en bonne voie ! »

Mais cela n'empêcha pas Hieronymus de poursuivre :

« Il est écrit que vous allez recevoir un mauvais coup dans ce palais. Vous devriez rassembler tous vos gardes pour protéger votre noble personne. »

Federico se leva et repoussa le devin.

« Hieronymus, tu abuses de ma patience. Tu n'es pas plus capable de lire dans les étoiles que dans mon pot de chambre ! Dehors ! Hors de ma vue ! »

Le visage ridé de Hieronymus devint rouge de colère. Que cet imbécile, ce ruffian, cette brute sans cervelle, de sang royal ou pas, se permette de tourner systématiquement ses prédictions en dérision commençait à être vraiment trop dur à supporter.

« Très bien, messire, répondit-il froidement. Mais avant même que Mars ne se soit couché le coup tombera et ç'en sera fini de votre vie. C'est ce qui est écrit. »

97

Il délivra son avertissement avec une telle conviction que Federico resta finalement interloqué et légèrement secoué après qu'il eut quitté la pièce.

« J'ai l'impression que vous avez eu de la visite », déclara le Docteur alors qu'ils entraient dans les appartements de Giuliano.

L'escalier les avait conduits aux cuisines du palais et, de là, ils avait pu rejoindre la retraite du Prince sans être vus. La chambre portait des marques d'un violent combat. Quant au télescope du Prince, il gisait par terre, heureusement intact.

Giuliano fixa la scène, le visage blême.

« Marco..., murmura-t-il. Les hommes de mon oncle ont dû l'emmener de force ! »

Il bondit vers la porte pour partir à la recherche de son compagnon. Le Docteur l'arrêta.

« Vous ne parviendrez à rien tout seul, Giuliano, dit-il en refermant doucement la porte et en offrant une chaise au jeune Prince.

— Mais c'est mon ami, mon cher et loyal compagnon...

— Giuliano, coupa le Docteur avec fermeté, il y a malheureusement d'autres problèmes à régler en dehors des insignifiantes ambitions de votre oncle...

— Insignifiantes ? Mais elles sont tout, sauf cela ! J'ai organisé une rencontre de savants pour célébrer mon accession au trône et mon oncle fera tout ce qui est en son pouvoir pour empêcher cette réunion ! »

Le Docteur fronça les sourcils. Puis il détacha son épée pour la déposer ensuite sur la table.

« Et qui doit venir, Giuliano ?

— Les hommes les plus savants de toute l'Italie.

Des érudits, des artistes, des hommes étudiant les nouvelles sciences...

— Et Leonard de Vinci ?

— Accompagné par son mécène, le Duc de Milan », acquiesça Giuliano.

Le Docteur lança un regard à Sarah. Celle-ci ne paraissait ni impressionnée, ni même intéressée. Un manque de réaction bien étrange chez une personne habituellement fort curieuse.

« Bien sûr... Maintenant, je comprends tout, dit-il en se tournant vers Giuliano. S'il arrive quoi que ce soit à tous ces hommes, le monde entier retournera à la barbarie. Restez tous les deux ici, ajouta-t-il en se dirigeant soudain vers la porte.

— Où allez-vous ? demanda Sarah comme si elle venait subitement de se réveiller.

— J'ai ma petite idée sur l'identité du chef des frères de Demnos, répondit le Docteur.

— Prenez garde à vous, l'avertit Giuliano. Il y a des soldats partout !

— Ne vous en faites pas, fit le Docteur avec un sourire qui révélait son éclatante dentition. Et puis, je ne vais pas laisser passer cette chance de rencontrer le grand Leonard en personne ! »

Sur ce, il ouvrit la porte et se glissa furtivement dans le couloir.

Un hurlement de douleur résonna à travers les cachots du palais, avant de mourir en une suite de hoquets irréguliers. Le bruit venait de derrière une lourde porte métallique qui luisait d'un faible éclat à la lueur des torches. Les cris cessèrent et le capitaine balafré sortit. Alors qu'il refermait la porte derrière lui, Federico apparut et s'approcha de lui.

« On dirait que Scarlatti s'amuse bien », fit-il à voix basse. Le capitaine eut un bref sourire.

« C'est un artiste, dans son genre...

— Néanmoins, je n'aime pas ces cris, fit le Comte en montrant la porte de la cellule. On va finir par réveiller tout le palais ! (Il colla son visage presque contre celui de Rossini, ses yeux brillant d'une lueur mauvaise.) Est-ce qu'il craque ?

— C'est un singe borné, messire, répondit le capitaine avec un hochement de tête.

— Je vais lui parler, fit Federico après avoir réfléchi un instant. Il arrive que la voix de la raison soit plus efficace que le fer rouge. J'ai une autre tâche pour toi, continua-t-il en posant la main sur l'épaule de Rossini.

— Monseigneur ?

— L'astrologue, Hieronymus, murmura Federico, j'ai l'impression qu'il va se retourner contre moi... »

Il jeta un regard dans le couloir, puis se pencha vers l'oreille de Rossini.

« Il vient de prédire ma mort. »

La consternation envahit le visage du capitaine.

« Monseigneur !

— Ne t'inquiète pas, fit Federico avec un geste désinvolte de la main. Ces mensonges ne sont que du vent. Mais je veux que cette vieille araignée soit hors de la ville pas plus tard que cette nuit !

— Vous allez le bannir, messire ? »

Federico acquiesça avec vigueur.

« Jette-le-moi dehors, tu entends ? Lui et toute sa camelote ! »

Le Docteur parcourait rapidement, et discrètement, les couloirs du palais. Le bruit de ses pas sur le sol de marbre s'entendait à peine. C'était Sarah qui venait de lui apporter la preuve qui lui manquait. De toute évidence, la jeune femme n'était plus elle-même. Elle était sous le pouvoir d'une quelconque influence, trop subtile pour attirer l'attention de Giuliano mais cependant suffisamment perceptible pour avoir alerté le Docteur. Et il n'existait qu'un seul homme capable de pratiquer ce genre de tours : Hieronymus, l'astrologue de la cour. Le Docteur avait déjà eu des soupçons auparavant mais c'était la disparition de Sarah dans les catacombes qui l'avait convaincu. Hieronymus devait être le chef des frères de Demnos... et l'allié des forces de Mandragore. Mettre Hieronymus hors d'état de nuire donnerait une chance d'empêcher l'invasion de la Terre que le Docteur savait maintenant imminente. Une invasion aussi habile qu'insidieuse, et qui utiliserait les frères mentalement conditionnés pour dominer et réduire en esclavage l'Etat de San Martino, puis l'Italie tout entière et, enfin, le reste du monde. Désormais, l'humanité évoluerait sans savoir que son moindre acte et sa moindre pensée seraient en fait dictés par la lointaine Spirale : la liberté apparente de l'homme se transformerait en une tyrannie de la pire espèce puisqu'elle serait le fait d'une forme de vie inhumaine et étrangère à la Terre.

Le Docteur redoubla son pas, pressé de trouver le repaire de Hieronymus. Il dépassa un angle du couloir et se retrouva face à une longue colonnade, bordant un patio parsemé de statues. Alors qu'il passait avec précaution d'arche en arche, il crut entendre un bruit derrière lui, comme s'il était suivi. Il se jeta dans une alcôve et attendit. Il laissa passer un moment mais le bruit ne se reproduisit plus. Il reprit sa progression, mais, cette fois, tous ses sens étaient aux aguets.

A une vingtaine de pas derrière le Docteur, une silhouette pâle et fantomatique suivait sa trace sur la pointe des pieds. C'était Sarah Jane. Ses yeux dilatés regardaient fixement devant elle et sa main droite serrait la longue et mortelle épingle.

« Rien qu'une simple confession, mon ami, dit Federico avec un sourire qui fit briller ses dents à la lumière rougeoyante du brasier installé à l'autre bout de la pièce.

Scarlatti, le bourreau, y avait déposé deux fers. Ils viraient déjà au rouge, prêts à faire grésiller la chair du supplicié qui, les cheveux blonds collés par la sueur, était pendu par les poignets à un chevalet vertical. Marco fit appel à toutes ses forces pour tourner son visage vers celui de Federico.

« Jamais ! » hoqueta-t-il.

Federico se pencha pour lui parler d'une voix doucereuse à l'oreille :

« Ton sang est noble, Marco, et tu es un homme intelligent. Sers-toi de ces qualités pour t'éviter la torture...

— Je ne ferai pas de faux témoignage contre le Duc, répliqua Marco, obligé de reprendre son souffle entre chaque mot. Il faudra me tuer d'abord.

— Non, mais on pourrait bien te tuer après. L'enthousiasme au travail de Scarlatti est de ceux auxquels on survit difficilement. »

Federico désigna le coin de la cellule du menton. Scarlatti, dont le crâne rasé et les membres de bovidé luisaient de sueur, se détourna et sourit.

« Démons..., grimaça Marco.

— Je te donne ta dernière chance, Marco. Avoue

que Giuliano est un adorateur de Demnos et tu seras récompensé. »

Seul le silence lui répondit.

« Allez, qu'as-tu à me dire ! » brailla Federico.

Marco releva lentement la tête et cracha délibérément au visage du Comte.

Federico se recula, embrasé par la colère.

« Imbécile insolent ! Maintenant, tu vas savoir ce que c'est que de souffrir ! » hurla-t-il en faisant signe à Scarlatti, avant de quitter, fou furieux, la cellule.

Vexé et aigri par son entrevue avec le Comte, Hieronymus était retourné chez lui et s'était plongé dans la composition d'une de ses mystérieuses potions malodorantes. Les fumées qui en émanaient étaient si nocives qu'elles firent tousser Hieronymus lui-même, l'obligeant à ouvrir sa fenêtre et sa porte pour faire courant d'air.

Il était sûr que la Puissance de Mandragore n'allait pas tarder à l'entraîner dans l'étape suivante de sa mission. Federico serait alors bien obligé de faire attention et de ravaler ses paroles haineuses. Hieronymus remua le contenu du chaudron, puis y jeta une pincée de cristaux. Une explosion se produisit et un nuage de fumée envahit la pièce. Hieronymus sursauta lorsque l'atmosphère se fut éclaircie car il venait de découvrir l'apparition quasi magique du Docteur devant lui.

« Bonsoir, dit celui-ci avec un sourire cordial.

— Toi ! bredouilla Hieronymus, les yeux agrandis par l'étonnement. Mais qui es-tu donc ?

— Je crois qu'il est temps que vous et moi ayons une conversation sérieuse, Hieronymus, dit le Docteur tout en contournant le chaudron.

— Arrière ! Ne m'approche pas !

« — Je vois que vous n'êtes pas encore très sûr de vous, ricana le Docteur. Je suppose que l'influence en est encore à aller et à venir. Voilà qui doit vous préoccuper quelque peu. »

L'astrologue recula vers la fenêtre en se protégeant le visage de ses bras.

« Est-ce les étoiles qui t'ont envoyé ?

— On pourrait dire cela, en effet.

— Les voix me l'avaient dit..., acquiesça Hieronymus. Elles m'avaient dit qu'un autre viendrait se joindre à moi. Donne-moi la preuve que tu es celui que j'attends ! »

Le Docteur s'avança jusqu'au bureau et y prit le masque d'or gravé.

« Très ingénieux. Du grès antédiluvien dans lequel a été intégré un circuit de métal... »

Il leva les yeux vers Hieronymus et sourit. Il s'aperçut que l'astrologue ne faisait pas attention à lui et que quelqu'un d'autre était entré dans la pièce. Il laissa tomber le masque et se retourna d'un bond. A deux pas de lui, Sarah s'apprêtait à lui plonger dans la base du cou une longue aiguille d'acier.

« Il a souillé l'image sacrée de Demnos ! s'écria Hieronymus. Tue-le ! Tue-le ! »

CHAPITRE IX

LE DÉBUT DE L'INVASION

« Hello, Sarah, fit le Docteur d'une voix tranquille, tout en contemplant l'arme improvisée. Une aiguille empoisonnée, je suppose ? »

Sarah hésita, le bras pourtant toujours levé et prêt à frapper. Son visage était un masque de folie. Le Docteur vrilla un regard hypnotique dans les yeux de la jeune femme, avec la force et la précision d'un laser.

« Lâchez-la, Sarah...

— Poignarde-le ! » s'égosilla Hieronymus derrière lui.

Sarah bondit sur le Docteur mais, alors que l'aiguille filait vers lui, il fit un petit saut de côté, saisit le poignet de la jeune fille et détourna le coup.

« Vous ne me voulez aucun mal, Sarah, dit-il avec fermeté. Je suis votre ami. Lâchez ça. »

Sarah se débattit l'espace de quelques secondes. Puis, elle cligna des yeux et son visage reprit une expression normale. Son regard descendit sur sa main. Ses doigts s'ouvrirent lentement et l'aiguille tomba par terre.

Le Docteur sourit gentiment et la libéra. A la même seconde, Hieronymus tira une dague et plongea vers lui.

« Que Demnos te maudisse pour l'éternité ! »

Le Docteur se jeta sur le côté. Hieronymus attaqua à nouveau. Cette fois, le Docteur se laissa aller en arrière et, d'un coup de pied net et précis, fit sauter le couteau de la main de l'astrologue.

« Vous êtes bien trop vieux pour ce genre de sport, Hieronymus ! »

Le couteau n'avait pas touché le sol qu'un brouhaha éclata dans le couloir, suivi de l'irruption dans la pièce de soldats conduits par Rossini.

« Emparez-vous d'eux ! »

Trois des gardes sautèrent sur le Docteur qui se trouvait près de la porte. Il tomba en se débattant.

« Docteur ! » cria Sarah qui se mit à griffer l'un des agresseurs.

Hieronymus s'empara du masque. Au moment où les soldats s'avancèrent vers lui, il leur jeta au visage une louche du liquide qui bouillait dans le chaudron et profita de ce répit pour passer derrière le rideau tendu à l'autre bout de la chambre.

« Imbéciles ! Arrêtez-le ! hurla Rossini aux soldats qui gémissaient et se tordaient sur le sol. Ne le laissez pas s'enfuir ! »

Mais Hieronymus avait pris assez d'avance pour leur échapper dans les ténèbres du passage secret. Et, après de brèves recherches, le capitaine dut se contenter de la capture de Sarah et de celle du Docteur.

Toujours dans ses appartements, Giuliano était en proie à la plus grande des indécisions. Sarah avait mystérieusement disparu alors qu'il avait le dos tourné pour chercher des pansements propres pour sa blessure.

De plus, plusieurs heures s'étaient écoulées sans

que le Docteur donne signe de vie. Il n'osait pas partir à leur recherche de peur de tomber sur les hommes de Federico qui patrouillaient dans le palais. C'était de la chance à l'état pur qu'ils ne soient pas encore revenus dans sa chambre pour vérifier s'il n'y était pas. Et nul doute que l'un d'eux finirait bien par y penser avant l'aube.

Le Prince continua à aller et venir pendant quelques minutes. Finalement, il prit une décision. Il boucla son ceinturon et se glissa dans le couloir.

Il faisait encore nuit et le palais était étrangement calme. De nombreuses torches avaient été éteintes mais le patio à ciel ouvert laissait passer un brillant clair de lune qui jetait une lueur éthérée sur le sol de marbre. Cette atmosphère paisible lui rappela son enfance et comment, lorsqu'il n'était qu'un gamin, il jouait tout seul dans ces couloirs en rêvant au jour où il serait couronné Duc de San Martino. Et maintenant que ce jour était arrivé, il se retrouvait dans la peau d'un fugitif, au sein même de sa propre demeure. Un fugitif craignant pour sa vie et qui n'avait plus pour allié que l'étrange personnage plein de ressources qui se faisait appeler le Docteur.

Il longea discrètement les couloirs qui aboutissaient à la chambre de Hieronymus. Il était sûr que c'était là que le Docteur avait voulu aller.

Soudain, il y eut un mouvement derrière une des colonnes situées sur sa droite et deux ombres se jetèrent sur lui. Un genou cogna sauvagement son dos, et avant qu'il ait eu le temps de tirer son épée, une lame acérée vint se poser contre sa gorge. Puis, sans perdre une seconde, ses agresseurs le traînèrent hors du couloir avant de s'engager dans un escalier.

« Giuliano ? »

Le vilain visage de Federico s'éclaira alors que le Comte se levait de sa couche pour accueillir Rossini.

« Il est mort ?

— Non, messire. Il a été enfermé dans le cachot avec les autres prisonniers.

— Alors, tout va bien, Rossini, fit le Comte en se frottant les mains et en arpentant la pièce dans sa surexcitation. Le Duc et tous les autres fauteurs de troubles seront morts et enterrés avant le chant du coq. »

Rossini s'inclina respectueusement.

« Bien sûr, il reste Hieronymus. Mais il ne nous échappera pas longtemps !

— Plus rien ne m'arrêtera, désormais, plus rien ! » lança Federico avec un regard triomphal.

Le Docteur et Sarah étaient pendus côte à côte à des chevalets verticaux, les poignets attachés bien au-dessus de leur tête. Ils avaient été enfermés dans la cellule de Marco et la chaleur du brasier s'ajoutait encore à leur inconfortable situation. Face à eux, Marco gisait immobile, les cheveux collés et le visage couvert de larmes séchées et de saleté. De temps à autre, un bref halètement montrait qu'il était encore en vie.

Sarah tourna la tête, avec difficulté, et murmura au Docteur :

« J'ai beau essayer de me rappeler ce qui m'est arrivé, je n'y arrive pas...

— Hypnose induite par l'absorption de drogue, répliqua le Docteur en tentant de soulager la douleur provoquée par le bois qui talait ses omoplates.

Hieronymus est une vieille bête rusée et pleine de ressources. »

Sarah parut à la fois triste et intriguée.

« Mais n'ai-je pas essayé de vous tuer ?

— Vous n'avez fait qu'obéir à l'ordre que l'on vous avait donné, ce à quoi je m'attendais, d'ailleurs, fit le Docteur, sans la moindre trace de reproche dans la voix.

— Mais comment avez-vous su que j'avais été droguée ?

— Je vous ai déjà emmenée dans bien des endroits étranges et le fait de parler les langues indigènes n'a jamais cessé de vous intriguer. Comme vous le savez, c'est un don des Seigneurs du Temps que je vous laisse partager. Et pourtant, cette nuit, vous m'avez demandé comment vous pouviez comprendre l'italien.

— Je l'ai fait ?

— Oui. Et c'est cela qui m'a fait dire que votre esprit était sous une influence étrangère. »

Sarah allait poser une autre question au Docteur quand la porte s'ouvrit brusquement et Giuliano fut amené entre deux soldats. Le jeune homme eut le souffle coupé en apercevant Sarah et le Docteur.

« Occupez-vous de Marco », lui lança le Docteur, d'un ton pressant.

Giuliano courut auprès de son compagnon et lui prit la tête entre ses mains.

« Marco ? Que t'ont-ils fait ? »

Les paupières de Marco tressaillirent et ses lèvres se mirent à trembler.

« Ils... ils m'ont obligé à mentir... à vous accuser... »

Son menton retomba contre sa poitrine et il se tut. Un mélange de pitié et de colère s'afficha sur le visage de Giuliano, alors qu'il contemplait son compagnon d'enfance.

« Que t'ont-ils obligé à dire ? murmura-t-il.

— Que vous, mon cher neveu, ainsi que ce chien de sorcier, étiez en train de comploter pour faire revivre le culte blasphématoire de Demnos. »

Giuliano fit volte-face pour découvrir la silhouette imposante de son oncle, bras croisés et jambes écartées, et qui le fixait d'un regard démoniaque.

« Espèce de boucher puant ! »

Giuliano sauta à la gorge de Federico mais les deux soldats le tirèrent à l'écart et l'immobilisèrent complètement. Le Comte ricana et, après avoir ôté son gantelet, frappa son neveu au visage.

Rossini entra alors.

« Monseigneur...

— Qu'y a-t-il ? »

Le capitaine était pâle et à bout de souffle.

« Il y en a partout dans la ville, dans toutes les rues et...

— Qu'est-ce que tu bredouilles ?

— Les frères de Demmos ! s'exclama Rossini. Ils se dirigent tous vers le temple ! »

Une horde de sinistres silhouettes spectrales glissait sur les pavés des rues désertes, telle une marée humaine. Rossini, qui avait assisté au spectacle, de la plus haute fenêtre du palais dix minutes plus tôt, n'avait jamais vu une chose pareille. Personne, y compris Federico, n'avait jamais imaginé que les frères pouvaient être si nombreux.

Au sud de la ville, des colonnes de noires silhouettes encapuchonnées se fondirent en une unique procession qui prit la direction du temple en ruine.

A l'intérieur de la caverne réservée aux sacrifices, Hieronymus, vêtu de pourpre et masqué d'or, se tenait au pied de l'autel, observant les frères qui arrivaient pour s'installer. A ses côtés se dressait le Grand Prêtre, portant pour la première fois un grand masque argenté au faciès de gargouille.

Dès que tous les frères furent présents, débuta une incantation basse, qui prit de l'ampleur lorsque les participants commencèrent à se diriger vers l'autel. Après un instant, Hieronymus monta sur la plus haute marche de l'autel, puis, s'agenouillant, baisa la pierre. Cela fait, il leva les bras au ciel et lança un appel dans une langue inconnue.

Les parois de la caverne se mirent alors à chatoyer et des craquements éclatèrent au-dessus de la tête des frères. Et les contours de leur temple se matérialisèrent lentement et majestueusement autour d'eux. Lorsque la forme fut complète et que le bruit eut disparu, Hieronymus se releva et fit un autre geste, redescendant ses bras perpendiculairement à son corps et entamant un mouvement circulaire.

Un rai de lumière brillante l'enveloppa, ainsi que l'autel, d'une étrange lueur éthérée. Le cœur de la colonne lumineuse était d'un blanc iridescent, impossible à fixer. Puis, au fur et à mesure que l'on allait vers les bords apparaissait un mélange superbe de couleurs éclatantes, allant de l'orange au bleu paon.

Le chant des frères s'arrêta et Hieronymus prit la parole :

« Grand Dieu Demnos, s'écria-t-il, nous sommes prêts à t'accueillir en nous ! Si nous sommes dignes de ta présence toute-puissante, montre-toi ! »

Il ne se produisit rien pendant un instant. Puis,

une boule de lumière éblouissante descendit le long de la colonne comme une étoile filante et percuta l'autel auprès duquel se tenait Hieronymus.

Il fut instantanément englobé dans une éclatante sphère lumineuse au moment où le phénomène s'empara de son corps, le laissant miraculeusement en vie. Puis il éleva ses mains gantées à une trentaine de centimètres au-dessus de l'autel. Une source d'énergie sauta instantanément de la surface de pierre à ses mains et des étincelles bleues se mirent à crépiter autour de ses doigts. Il fit alors signe au Grand Prêtre de s'approcher à son tour, de l'autre côté de l'autel. Hieronymus prit ses mains dans les siennes et une bouffée d'énergie passa dans le corps du Grand Prêtre, qui fut secoué comme s'il venait de recevoir une forte décharge électrique. Hieronymus relâcha sa prise et le Grand Prêtre retourna à sa place.

Le processus était en route. Les premiers bénéficiaires de la terrifiante puissance de Mandragore venaient d'abandonner leur âme humaine.

Si la nouvelle rapportée par Rossini était vraie, il restait encore moins de temps au Docteur que celui-ci l'avait cru. Il était maintenant impératif de convaincre Federico de l'imminence du danger. Mais le rusé tyran était déterminé à savourer son moment de gloire.

« J'attends cet instant depuis bien longtemps, sorcier. Plus rien ne m'empêchera désormais de devenir Duc !

— Comte Federico, répliqua le Docteur avec colère, je me moque complètement de vos ambitions politiques. Sachez que vos véritables ennemis ne sont pas ici, dans ce cachot, mais au temple. Ce n'est pas Giuliano qu'il vous faut craindre, mais Hieronymus !

— Hieronymus ? renifla Federico. Ce vieux charlatan ?

— Le vieux charlatan en question est en fait le chef des frères de Demnos...

— Quoi ? »

Le peu de couleur qui rehaussait le teint de Federico disparut brusquement de ses joues. Il considéra Rossini d'un regard interrogateur.

« Et il est en possession d'un pouvoir extraordinaire, poursuivit le Docteur. L'Energie de la Spirale. Une puissance capable de tout détruire. Je vous avais prévenu !

— C'est une ruse, messire. »

Le regard de Federico alla du capitaine au Docteur. Le Comte hésitait.

« Et comment pourrais-je être sûr que tu dis la vérité, sorcier ?

— Je ne peux rien prouver. Mais si vous n'arrêtez pas Hieronymus dès maintenant, je peux vous assurer qu'il n'existera plus aucun Duché sur lequel régner et ce, pas plus tard que demain matin. »

Le Comte sembla visiblement ébranlé par cette déclaration. Il hésita avant de reprendre la parole :

« Je vais voir ça. Et tu vas venir avec moi. (Il donna une bourrade dans les côtes du Docteur.) Détachez-le !

— Méfiez-vous, monseigneur, répéta le capitaine.

— Mais je prends mes précautions, ricana Federico. Tu vas garder ces trois-là en otages, dit-il en montrant Giuliano, Sarah et Marco, toujours à demi inconscient. Si je ne suis pas de retour dans une heure, tu sauras ce qu'il te reste à faire... »

Rossini claqua les talons. Les gardes commencèrent à détacher le Docteur. Sarah jeta un regard anxieux à Giuliano. Ils ne pouvaient plus rien faire. Le Docteur avait saisi la seule opportunité qui s'était présentée à lui. Une fois de plus, leur scrt reposait entre ses mains... et entre celles de Federico.

Dans le temple, les frères de Demnos venaient un par un à l'autel pour recevoir de Hieronymus leur « charge d'énergie ». Ceux qui avaient déjà subi l'épreuve se tenaient au centre de la caverne, leurs visages masqués tournés avec respect vers leur maître. Trop raides, trop tranquilles, ils semblaient avoir perdu toute trace d'humanité et s'entassaient comme des mannequins.

Alors que la queue allait en diminuant devant l'autel, une poignée de retardataires se présenta et vint s'ajouter à la file. Leurs capuchons cachaient complètement leurs visages et ils firent tout pour ne pas attirer l'attention. Ils se trouvaient à une quinzaine de mètres de l'autel lorsque Hieronymus releva soudain les yeux pour jeter un coup d'œil dans leur direction. Le plus grand des nouveaux venus murmura à l'oreille de son voisin :

« Ne vous approchez pas de lui...

— Est-ce que je t'ai demandé ton avis ? » grogna Federico en faisant comprendre à ses gardes de tenir fermement les bras du Docteur.

Puis, tout à coup, il rejeta en arrière son capuchon et courut vers l'autel, pointant sur l'astrologue un doigt accusateur.

« Hieronymus ! Traître ! »

Le visage masqué se retourna d'un coup. Federico fit signe à ses hommes de s'emparer de l'astrologue. Les gardes allaient obtempérer lorsqu'ils s'immobilisèrent instantanément, paralysés par la peur, transpercés par le regard démoniaque du masque.

« Hieronymus ! »

Federico se rua en avant, hurlant sa rage. Un démon intérieur le poussait à se venger du vieil astrologue. Il sauta en haut des marches et arracha le masque d'or du visage de Hieronymus. Il retomba en arrière, cloué par l'horreur. Il n'y avait *rien* derrière le masque ! Ni chair, ni os, rien ! Rien, sinon une lumière aveuglante délimitée par les rebords du capuchon noir. Il était évident qu'il n'y avait plus personne sous le manteau, rien qu'une source d'énergie qui avait pris forme humaine.

La « Forme » leva un bras et pointa un doigt ganté en direction de Federico. Le Comte se recroquevilla de terreur. Le Docteur suivait la scène avec une fascination horrifiée, incapable d'intervenir. Le doigt ganté remonta jusqu'au niveau du cœur de Federico et des poignards de lumière bleue jaillirent de son extrémité, terrassant instantanément leur victime. Federico poussa un cri abominable et explosa en une masse de flammes. Ses gardes accoururent à la rescousse mais furent à leur tour dévorés par un autre jet d'énergie issu du bras tendu de Hieronymus.

Le Docteur pâlit lorsque ses yeux se posèrent sur la forme fumante et carbonisée qui avait été le Comte Federico. Les effets de l'Energie de Mandragore étaient plus mortels que ceux d'un rayon laser, plus puissants que ceux de la fission nucléaire. Et à l'intérieur de ce temple, une foule venait de recevoir cette même arme absolue. S'il ne s'échappait pas, la Terre était condamnée. La question restait de savoir si sa présence avait été détectée par les intelligences de Mandragore. Et comme pour lui répondre, le doigt ganté de Hieronymus se déplaça d'un coup et pointa d'une façon menaçante dans la direction du Docteur.

CHAPITRE X

LE SIÈGE

Le cœur du Docteur cessa de battre une seconde. Le temps s'arrêta et il crut voir la totalité de son existence se dresser nue et sans défense face au doigt menaçant. Il ferma les yeux et attendit.

« Ainsi périront tous nos ennemis sur cette Terre... »

La voix de Hieronymus se répercuta, triomphante, tout autour de la caverne. Le Docteur ouvrit un œil. Le personnage masqué venait de baisser son bras et s'adressait maintenant aux frères tombés sous son charme.

« Grâce à la puissance de la Spirale, plus personne ne pourra s'opposer à nous ! »

Hieronymus baissa humblement la tête avant de tomber à genoux. Le Docteur resta à la fois stupéfait et soulagé pendant que les frères de Demnos se bousculaient pour rejoindre la base de l'autel.

Ils formèrent un grand cercle et entonnèrent un chant pendant que Hieronymus continuait de s'adresser à eux avec une ferveur messianique.

« Tout ce qui est arrivé avait été prédit depuis des siècles. L'attente, les prières, les sacrifices. Dorénavant, la Terre fera partie de l'Empire de Mandra-

117

gore. Car Demnos n'est que le serviteur de Mandragore et Mandragore la maîtresse de toute chose ! »

Le Docteur observa discrètement ce qui se passait autour de lui. Tout le monde paraissait occupé ; aussi, baissant la tête et marmonnant des sons incohérents, il tenta sa chance et recula vers la sortie la plus proche. Par bonheur, c'était celle par laquelle étaient entrés Federico et ses gardes. Il connaissait donc le chemin pour repartir.

« Laissez la puissance s'épanouir en vous, mes frères. L'ultime prophétie va s'accomplir cette nuit même ! »

Le Docteur atteignit la zone d'ombre protectrice. Hieronymus éleva encore la voix.

« Comme il est écrit, Mandragore engloutira la lune. Et c'est alors que nous frapperons ! »

Le personnage masqué se redressa et balaya l'air du poing devant lui.

Le Docteur leva un sourcil, subitement intéressé. Des plans de bataille ? D'un genre intrigant, en tout cas... Mais il n'avait plus le temps de les étudier.

Le Docteur quitta la chambre sacrificielle aussi rapidement et furtivement que possible. Puis, il parcourut, en sens inverse, le chemin qu'il avait emprunté pour venir du palais.

Dans leur cachot, Sarah, Giuliano et Marco étaient toujours attachés aux chevalets, comme l'avait ordonné Federico. Marco avait repris conscience mais était toujours en bien piteux état. Rossini, flanqué de quatre gardes, ne cessait de l'observer sans la moindre trace de compassion dans le regard. De temps à autre, il jouait avec les fers posés dans le brasier, mais c'était plus par curiosité désœuvrée que par désir de s'en servir.

Néanmoins, cela n'était pas fait pour rassurer Sarah, qui n'avait pas été habituée à fréquenter les salles de torture médiévales.

Le Docteur était parti depuis plus d'une heure lorsqu'un cinquième garde s'encadra dans la porte et s'inclina face à Rossini. Le capitaine balafré hocha la tête et se retourna vers les prisonniers.

« C'est terminé. Le Comte Federico a ordonné que ces traîtres soient exécutés au bout d'une heure.

— Mais c'était seulement s'il ne revenait pas ! protesta Sarah.

— Ni lui, ni le sorcier, ni aucun de ceux qui les accompagnaient ne sont revenus du temple, répliqua le capitaine.

— Vous voulez dire qu'ils sont déjà partis depuis plus d'une heure ? Qu'est-ce que le temps file vite quand on s'amuse. »

Rossini fit signe à ses hommes de les détacher. Le soldat le plus proche de Giuliano commença à le débarrasser de ses menottes.

« Arrête, l'ami ! ordonna le Prince. Rossini, tu nous accuses d'être des traîtres mais c'est ce que vous deviendrez tous si vous osez porter la main sur votre souverain ! »

Le garde hésita, subitement moins sûr de lui.

« Je suis fidèle au Comte, répondit Rossini d'une voix rébarbative.

— Tu suis un tyran doublé d'un meurtrier ! jeta Marco. C'est à Giuliano que nous devons tous allégeance !

— Ça suffit ! s'écria Rossini. Détachez-les ! Le billot du bourreau est en train de s'assécher ! »

Les gardes s'inclinèrent et se dépêchèrent de détacher les prisonniers de leur chevalet.

« Immonde ordure ! grogna Marco en titubant. Et ça se veut des soldats ! »

Dès qu'il eut les mains libres, Giuliano se dressa fièrement face à ses ravisseurs.

« Allons-nous devoir mourir sans même l'aide d'un prêtre ?

— Et sans même un bon repas ? dit Sarah pour placer son grain de sel.

— Aucun prêtre n'est disponible, fit une voix en provenance de la porte. Un simple frère fera-t-il l'affaire ? »

Ils se retournèrent tous d'un bloc pour découvrir le Docteur, sur le seuil, le capuchon relevé.

Rossini fut le premier à reprendre ses esprits.

« Qu'as-tu fait du Comte, sorcier ? grogna-t-il.

— Federico est mort... »

Giuliano blêmit.

« Quoi ? Mon oncle est mort ?

— Dans le temple en ruine, acquiesça le Docteur.

— Et comment est-il mort ?

— On pourrait dire, pour simplifier, que Hieronymus l'a foudroyé du regard... »

Rossini se mit à trembler et sa cicatrice tourna au pourpre.

« Emparez-vous de lui ! jeta-t-il avec colère en désignant le Docteur.

Mais les soldats reculèrent, terrassés par la nouvelle de la mort de Federico.

« Emparez-vous de lui ! »

Les gardes restèrent immobiles.

« Rossini, vous n'avez désormais plus aucune autorité, fit le Docteur. Votre souverain tout-puissant, le voici », ajouta-t-il en se tournant vers Giuliano.

Ce dernier s'adressa alors aux soldats médusés.

« Etes-vous avec votre Prince ? »

Il y eut une pause, puis les cinq soldats se découvrirent et s'agenouillèrent devant leur suzerain. Resté seul debout, Rossini baissa les yeux et finit par les imiter.

« Qu'on le conduise sur le billot ! »

Le Prince arrêta son compagnon.

— Non, Marco. Emmenez-le hors d'ici. Je déciderai plus tard de son sort », dit-il aux soldats.

Les gardes nouvellement convertis se relevèrent et, s'emparant de Rossini, le poussèrent dehors.

Marco sauta presque au cou du Prince.

« Giuliano, ce cauchemar est fini ! Vous allez enfin pouvoir régner sans crainte !

— J'ai bien peur que ce ne soit faux, Marco, coupa le Docteur. En réalité, le cauchemar ne fait que commencer. N'oubliez pas que Hieronymus et les frères de Demnos sont toujours là.

— Alors, il faut les détruire, monseigneur, s'emporta Marco. Prenez le commandement de l'armée ! »

Giuliano resta silencieux, le temps de faire le point.

« Qu'en pensez-vous, Docteur ?

— Mais vous êtes le Prince ! Les soldats vont se rallier à vous. Conduisez-les au temple et prenez le contrôle de la situation, sire ! »

Le Docteur sourit.

« Marco, Marco..., dit-il en le prenant par les épaules et en l'obligeant à s'asseoir sur un banc. (Il se tourna ensuite vers Giuliano). Si vous approchez de ce temple, vous signez votre arrêt de mort...

— Alors, que suggérez-vous ? répondit Giuliano d'une voix hésitante. Que voulez-vous que je fasse ? »

Le Docteur jeta un coup d'œil à la porte ouverte pour s'assurer que personne n'écoutait.

« Les frères de Demnos sont toujours en train d'absorber la puissance de Mandragore. Prenez tous les hommes que vous trouverez, soldats, menuisiers et maçons, et faites condamner toutes les entrées du palais. Transformez-le en forteresse, dit-il en fixant le visage du Prince. Car, lorsque les frères arriveront, vous en aurez bien besoin. »

Soutenant son compagnon, Giuliano quitta la cellule pour remonter vers le palais.

Sarah se tourna vers le Docteur.

« Croyez-vous que des barricades suffiront pour arrêter les frères ? lui demanda-t-elle doucement.

— Tout est bon qui pourra les retarder, Sarah. J'ai besoin d'un peu de temps pour réfléchir. En tout cas, Hieronymus ne possède pas encore tout son pouvoir. Allez, venez ! »

Le Docteur détacha son manteau et le jeta par terre avant de sortir de la cellule.

« Que voulez-vous dire ? questionna Sarah en le suivant hors du cachot et dans l'escalier. Le Docteur ouvrit de force une porte cloutée et passa la tête dans l'ouverture. Puis Sarah et lui se retrouvèrent sous la colonnade illuminée par le clair de lune.

« Par-là, murmura le Docteur. Jusqu'à présent, expliqua-t-il ensuite, la seule Energie de la Spirale que les frères aient à leur disposition est celle que nous avons apportée avec nous...

— C'est déjà assez moche comme ça..., fit Sarah en fronçant les sourcils. Vous voulez dire qu'il y en a encore plus à venir ? »

Le Docteur hocha la tête.

« La nuit prochaine. Quand Mandragore engloutira la lune... »

Sarah s'arrêta net, les mains sur les hanches.

« Ecoutez, il me semble que je suis venue ici avec vous, non ? Alors, vous n'avez pas besoin d'utiliser le langage à double sens du xve siècle pour me répondre ! Je sais parler anglais, bon sang !

— Je répétais seulement ce qu'il avait dit », répliqua le Docteur, juste avant de disparaître d'un coup derrière une colonne.

Sarah dut courir pour le rattraper.

« Qui ça ? »

Le Docteur accéléra le pas, vérifiant chaque intersection avec un corridor avant de la traverser à toute allure.

« Hieronymus. Quand Mandragore engloutira la lune, ils frapperont. »

Sarah poussa un soupir de frustration.

« Mais qu'est-ce que ça veut dire ? »

Le Docteur ne répondit pas. Ils venaient d'arriver devant une porte imposante surmontée des armoiries ducales. Sarah reconnut l'entrée des appartements de Giuliano. Le Docteur poussa la porte et s'aventura à l'intérieur. Il n'y avait personne. Il fila vers la fenêtre et commença à démonter le télescope de Giuliano qui était resté sur la table, là où Marco l'avait laissé. Il regarda Sarah au travers de l'oculaire.

« Juste ce qu'il me faut. Cinquante ans de plus et nous aurions pu nous servir de celui de Galilée. Venez ! »

Avant même que la jeune femme n'ait eu le temps de reprendre sa respiration, il était déjà reparti.

« Et où allons-nous maintenant ? » protesta Sarah. Mais le Docteur avait disparu et il ne lui restait plus qu'à lui courir après pour le retrouver.

Dès qu'il était dans ce genre d'humeur, c'était toujours la même chose...

Le reste du palais était en pleine effervescence. Les portes principales donnant sur la place de la ville avaient été barricadées et toutes les entrées secondaires murées. Giuliano lui-même avait pris le commandement des opérations à partir d'une galerie proche des salles d'apparat.

Il venait à peine d'envoyer un groupe de charpentiers et de tailleurs de pierre à la porte ouest lorsque Marco apparut en courant. Le jeune homme s'était changé mais semblait encore affaibli par son épreuve.

« Sire, ça commence !

— Quoi ?

— Les frères de Demnos ! Ils obligent les gens à quitter la ville. »

Le beau visage de Giuliano s'assombrit.

« En es-tu sûr ?

— Certain, sire. Tous ceux qui refusent de partir sont détruits par des projectiles de feu. Ils ont fait sortir les forces des ténèbres de ces maudites catacombes ! »

Le jeune prince poussa les portes de la salle d'apparat et conduisit son compagnon à l'intérieur. Si elles se répandaient, de telles nouvelles pourraient provoquer la panique.

« Maintenant, nous sommes isolés, réfléchit Giuliano. Nous ne sommes pas nombreux dans ce palais.

— Il y a parmi nous certaines des têtes les plus précieuses de l'Europe, ne l'oubliez pas, sire... »

Giuliano se laissa tomber sur son trône et Marco put lire la gravité de la situation sur le visage fermé de son maître.

« Sont-ils au courant de la nature de ce qui nous menace ?

— Je crois qu'ils commencent à se douter que tout ne va pas très bien, répondit Marco. Leurs gardes personnelles ne les quittent plus. Et le Roi de Naples lui-même a demandé quelle était la raison de toute cette agitation. Je lui ai fait dire que c'était dû à la préparation de la fête. »

Giuliano sauta sur ses pieds.

« La fête ! J'avais complètement oublié. Marco, il faut tout annuler !

— Vous voudriez avoir à expliquer à vos pairs que votre accession au trône ne peut être célébrée à cause d'un soulèvement païen ?

— La fête ne peut pas avoir lieu, Marco ! C'est trop dangereux, répliqua le jeune Prince, soudain enfiévré.

— J'ai vu nos défenses, sire, reprit calmement Marco. Ce palais pourrait tenir tête à une armée. Et les frères ne sont que de la racaille fanatisée.

— Qui tue avec des projectiles de feu...

— Simple supercherie. Hieronymus a toujours été un rusé renard. Et n'oubliez pas, monseigneur, que nous sommes loin d'être désarmés. »

Giuliano jeta un regard pénétrant à son compagnon. Depuis qu'il le connaissait, Marco s'était toujours révélé un conseiller intelligent et loyal. Mais aujourd'hui, ils se trouvaient confrontés à des événements et des pouvoirs bien au-delà de leurs connaissances. Il se demanda comment aurait réagi son père, le vieux Duc, comment il aurait fait pour protéger son peuple. Pour la première fois, il sentit le terrible poids de ses nouvelles fonctions.

« J'avoue que je n'en sais rien, Marco... »

Celui-ci l'empoigna par les épaules.

« Giuliano, vous êtes le maître maintenant. Un chef ! Si vous pliez à la première épreuve, vous perdrez tout ! Imaginez tous ceux qui quitteront la ville en disant que le Duc de San Martino n'est qu'un homme faible, prêt à être renversé. Vous feriez mieux d'avoir confiance en vos gardes et de maintenir la fête comme si tout était normal. »

Le jeune Prince resta silencieux quelques instants. Puis, il prit Marco par le bras et sourit.

« Comme toujours, tu parles avec bon sens, cher Marco. Mais tu sais comme moi que, cette fois, rien n'est normal. Je vais donc demander l'avis du Docteur. Sais-tu où il est ?

— Dans la chambre de Hieronymus. Il s'y trouve depuis ce matin mais je ne sais pas ce qu'il est en train d'y faire. »

« L'astrolabe, Sarah, dit le Docteur en tendant la main.

— Quoi ?

— L'astrolabe, répéta le Docteur, perché sur un tabouret et l'œil collé au télescope de Giuliano, lequel était pointé vers le ciel. Le sextant du Moyen Age...

— Oh, je vois », répondit Sarah en se grattant la tête. Elle choisit l'instrument qui semblait le mieux correspondre à cette définition et le lui tendit. « Et qu'est-ce que vous êtes en train de faire, exactement ?

— J'essaie de faire fonctionner cet engin. Il faut qu'il marche avec précision, sinon il ne servira à rien. (Il dirigea le sextant vers le soleil.) L'alidade est malheureusement faussée d'un bon degré... »

Il ajusta l'écrou de cuivre sur le côté du sextant, fit une observation, suivie par un rapide calcul.

« Compenser l'erreur, puis convertir le résultat dans le système copernicien... cent vingt degrés... Cela fait huit, et soixante moins dix-sept égalent...

— Quarante-trois.

— Quarante-trois, merci Sarah. Voilà, c'est ça... J'y suis arrivé. Cette nuit, à neuf heures, huit minutes et quarante-trois secondes, annonça-t-il, l'air rayonnant.

— Pardon ?

— Mandragore engloutira la lune à cette heure-là. En d'autres termes, il y aura une éclipse lunaire.

— Et c'est à ce moment-là que les frères attaqueront ?

— Je le crois, approuva le Docteur. Plus important encore, cela arrive juste au moment où tout cet attirail (il montra le contenu de la pièce) peut devenir la seule science de l'homme. »

Sarah fit une grimace.

« L'astrologie ? Vous voulez dire quand Mars est dans la maison du bélier et toutes ces imbécillités ?

— Des imbécillités ? rétorqua le Docteur. Sûrement pas. Souvenez-vous de ce que vous a fait Hieronymus. Les Mandragoriens ne font pas de conquêtes au sens physique du terme. Ils contrôlent et dominent leurs victimes grâce à l'Energie de la Spirale, l'influence astrale. Ils s'emparent de la seule chose qui ait une vraie valeur.

— Et qui est ?

— L'essence de la vie. La capacité donnée à toute espèce intelligente de construire sa destinée. »

Le Docteur marcha jusqu'à la fenêtre, agité par ses propres réflexions.

« Une fois qu'ils en auront pris le contrôle, la plus grande ambition de l'humanité ne dépassera pas le prochain repas. Ils feront de vous des moutons, des moutons paresseux, sans but et sans cervelle. »

La colère lui avait fait élever la voix et il s'interrompit.

Sarah leva les mains.

« Ça va, vous m'avez convaincue... »

Le Docteur ne montrait que rarement ses sentiments profonds et ce n'était pas souvent qu'il s'échauffait ainsi. Sarah s'était souvent demandée pourquoi la Terre et ses habitants lui tenaient tant à cœur. Mais elle savait que c'était aussi une question de principe. Le Docteur combattait avant tout l'oppression et la tyrannie. Que ce soit sur une petite échelle, comme avec Federico et San Martino, ou sur une grande, comme avec Mandragore et la Terre, pour lui, c'était la même atteinte à la liberté.

« Mais que pouvons-nous faire ? » demanda la jeune femme.

Le Docteur ne répondit pas. Il venait d'adopter la position du lotus habituellement pratiquée par les mystiques orientaux, yeux fermés et mains pressées l'une contre l'autre, et se tenait assis au beau milieu de la pièce. Il y eut alors un coup à la porte et Giuliano entra, accompagné par un soldat.

« J'aimerais... »

Giuliano se tut et regarda le Docteur.

« Rassurez-vous, expliqua Sarah. Il est en train de méditer. »

Le Docteur laissa échapper un ronflement sonore.

« De méditer ? s'enquit le Prince.

— Enfin, c'est ce qu'il me semble, dit Sarah en fronçant les sourcils.

— Je suis venu pour lui demander un conseil. »

Le Docteur ouvrit soudain les yeux et bondit sur ses pieds.

« Ce sera tout ou rien, Sarah. Je vais devoir tout miser sur un coup de dés, dit-il en se dirigeant vers la porte.

— Docteur..., fit Giuliano en l'interceptant au passage.

— Ah, bonjour, dit celui-ci avec un sourire rapide. Si c'est du plasma ionisé, c'est donc moléculaire. Ce qui veut dire qu'il n'y en a qu'une quantité limitée. Et maintenant qu'il a dû se partager entre Hieronymus et les frères, il doit être affaibli. Voilà la réponse ! conclut-il avec un sourire radieux de satisfaction à l'adresse de Giuliano.

— Docteur, j'ai une question à vous poser. »

Le Docteur donna un petit coup à la cotte de mailles du soldat.

« Pouvez-vous m'en procurer une ? Ainsi qu'une bonne longueur de fil de fer ?

— De fil de fer ? fit Giuliano d'un air stupéfait.

— Oui, de fil de fer ! Bon Dieu, ça doit faire au moins cent cinquante ans qu'on a inventé les machines à tréfiler. Vous devez bien en avoir dans le coin, non ? »

Le Prince haussa les épaules.

« Peut-être devriez-vous en parler à l'armurier du palais...

— Bien sûr ! Il faut que je le voie immédiatement ! »

Le Docteur alla jusqu'à la porte, puis se retourna, l'air de se rappeler quelque chose.

« N'aviez-vous pas une question...

— Je voulais vous parler de la fête de ce soir...

du bal masqué donné en l'honneur de nos distingués visiteurs, répondit Giuliano. Tout est prêt mais on peut toujours l'annuler. »

Le Docteur émit un petit rire.

« Ah, je vois. Vous allez nous organiser une petite soirée dansante ? Splendide !

— Si vous pensez que ce n'est pas trop risqué..., s'aventura Giuliano.

— Risqué ? fit le Docteur en secouant la tête avec vigueur. Mon cher Duc, vous avez tout un tas d'invités à distraire. Bien sûr que vous allez le donner, ce bal masqué. Sarah adorera ça ! »

Il agita la main et disparut.

« Ben voyons », dit Sarah sur un ton sarcastique.

La tête du Docteur resurgit alors dans l'embrasure de la porte.

« Et mettez-moi un costume de côté, Giuliano ! J'ai toujours adoré lever la patte ! »

Et il disparut pour de bon.

Sarah ne put s'empêcher de rire en voyant l'expression perplexe du jeune Duc. Elle avait oublié combien pouvaient se révéler troublants les accès d'enthousiasme du Docteur pour qui ne le connaissait pas.

Hieronymus se tenait, solitaire, sur la plus haute marche de l'autel. Son masque luisait sous la lumière changeante des torches. Derrière les fentes oculaires du masque, là où se trouvaient auparavant les yeux fourbes de l'astrologue, brillait maintenant une lueur pulsante. Ses mains étaient toujours recouvertes par les gants pourpres.

Il se fit un mouvement parmi les ombres et le

Grand Prêtre, masqué lui aussi, monta les marches de l'autel.

« L'heure approche à grands pas..., déclara Hieronymus en inclinant la tête.

— Quel est ton plan, Grand Maître ? »

La voix du Grand Prêtre résonna dans les ténèbres sépulcrales. Elle n'avait plus rien d'humain, elle était rauque et vide d'émotion, comme le bruissement des feuilles mortes dans le vent.

« C'est le plan de Mandragore, répondit Hieronymus. Je ne suis que l'humble messager de ceux qui dominent le cosmos tout entier.

— Les puissants dieux du ciel ? Et qu'attendent-ils de nous, seigneur ? »

Hieronymus se tourna vers le Grand Prêtre. Les fentes de son masque infernal s'embrasèrent.

« Le moment et l'endroit ont été bien choisis. De nombreux érudits, hommes de science, souverains et nobles sont rassemblés dans le palais. Cette nuit, ils vont être détruits. Tous ! C'est ainsi que s'établiront le pouvoir et la suprématie des maîtres que nous servons... »

Le Grand Prêtre s'inclina.

« Le Duc a fait déployer un grand nombre de soldats, toutes les entrées du palais ont été fortifiées et la garde renforcée, seigneur. »

La voix de Hieronymus se transforma en murmure.

« Il existe une entrée que personne ne connaît. Amène-moi dix frères. Je les conduirai jusqu'au palais. (Il se pencha vers l'oreille de son acolyte.) Cette nuit, il y a un bal masqué donné en l'honneur du Duc. Nous ferons en sorte d'y mettre de l'ambiance ! »

Le Grand Prêtre salua bien bas, puis se retira

dans les ténèbres. Alors qu'il disparaissait, un croassement bizarre s'éleva derrière le masque grimaçant de Hieronymus, comme un hideux ricanement inhumain.

CHAPITRE XI

UN DUEL A MORT

Dans la chambre de Giuliano, le Docteur s'efforçait d'enfiler sa cotte de mailles. Il tirait, poussait sur le lourd vêtement, luttant pour parvenir à le fermer. La cotte de mailles était la plus grande qui existait dans le palais mais elle s'était révélée plutôt juste pour la carrure imposante du Docteur. Finalement, grâce à l'aide de l'armurier et de pas mal de jurons proférés à mi-voix, il finit par boucler la cotte récalcitrante.

« Passez-moi maintenant le manteau. Je ne tiens pas à ce qu'on voie ce que je porte en dessous. »

L'armurier aida le Docteur à enfiler sa redingote de velours, sans pouvoir cacher son étonnement devant ces étranges procédés.

Sarah entra alors dans la pièce, les bras chargés de déguisements divers.

« De quoi ai-je l'air ? demanda le Docteur.

— Auriez-vous pris du poids ? fit-elle en lui tapotant le ventre. (Le Docteur parut froissé par ces propos). Et ça, à quoi ça sert ? ajouta-t-elle en dévoilant la cotte de mailles.

— Un petit plan personnel, répondit le Docteur avant de se retourner vers l'armurier. Vous n'avez qu'à laisser le fil de fer. »

133

L'armurier s'inclina, posa un gros rouleau de fil métallique sur le coffre à épées et quitta les lieux.

Sarah lui tendit les costumes.

« Giuliano vous les a envoyés pour que vous puissiez choisir. »

Le Docteur opta pour un ample vêtement de couleur rousse, plus une grosse tête de lion.

« Voilà qui va me donner un air plutôt digne, ne trouvez-vous pas ? dit-il avant d'enfiler la tête de lion et de pousser un rugissement.

— Je trouve un peu ridicule que nous parlions déguisement alors que la situation est si désespérée... »

Le Docteur donna un coup de patte dans l'air, rejeta sa crinière en arrière et émit un nouveau rugissement.

« Oh, ça suffit ! s'écria Sarah, réellement furieuse.

— Souvenez-vous des Français devant Azincourt ! » fit la tête de lion avec un hochement stupide.

Sarah lui tourna le dos. Il y avait des moments où le comportement du Docteur la mettait hors d'elle.

« J'ai toujours remarqué chez vous, dit-elle sur un ton acide, que vos plaisanteries empiraient généralement avec la situation. »

Le Docteur cessa aussitôt de faire l'idiot et enleva son masque.

« Je prends le lion, d'accord ? demanda-t-il rapidement.

— Cela se présente plutôt mal, hein ? dit Sarah.

— Oui, répliqua le Docteur, qui venait de ramasser le fil de fer.

— Très mal ? »

Le Docteur acquiesça.

134

« Désespérément mal. Nous n'avons d'autre ressource que de faire de notre mieux... et d'espérer. »

Lorsque les yeux bleus du Docteur rencontrèrent les siens, Sarah remarqua qu'ils avaient perdu leur vivacité et leur chaleur. La jeune femme savait qu'ils allaient s'opposer à quelque chose de bien plus puissant et de bien plus effrayant que tout ce qu'elle avait pu imaginer jusque-là.

« On y va ? » fit le Docteur en lui prenant la main. Elle eut un pauvre sourire et le suivit dehors.

Les premiers invités arrivaient déjà dans les salles d'apparat et dans les antichambres adjacentes. Les musiciens s'accordaient aux balcons et les garçons de cuisine mettaient la dernière main à l'énorme table de banquet qui s'étendait sur un côté entier de la salle de bal.

Le Docteur et Sarah arrivèrent dans l'une des antichambres en compagnie de Marco. Le Docteur étreignit sa tête de lion. Sur un banc installé sous une fenêtre étaient assis trois personnages bizarrement accoutrés. Le premier portait une tête de bouc blanche aux naseaux frémissants et aux cornes fièrement dressées, le deuxième une tête de bœuf aux dents écartées et le troisième, une tête de clown bouffie surmontée de longs cheveux filasses tombant jusqu'aux épaules. Le Docteur attira l'attention de Marco sur le monstrueux trio.

« Est-ce que Léonard de Vinci fait partie du lot ?

— Ce ne sont que des artistes engagés pour la fête, expliqua Marco, en souriant.

— Je crois que je ne verrai donc jamais ce bon Léonard, Sarah, répondit le Docteur d'une voix désappointée. L'entrée des cachots est-elle ouverte ? ajouta-t-il à l'adresse de Marco.

— Je vais m'en assurer », fit celui-ci en partant sur-le-champ.

Le Docteur se tourna vers Sarah.

« Je veux que vous restiez ici et que vous gardiez l'œil sur ce trio.

— Et pourquoi ça ? protesta la jeune femme.

— Un Seigneur du Temps doit faire ce qu'il a à faire, répondit-il en levant le rouleau de fil de fer. Et puis, de toute façon, vous n'êtes pas équipée. »

Ils atteignirent la colonnade qui descendait vers les cachots.

« Docteur, vous avez dit que c'était dangereux.

— Ah bon ? Oh, eh bien oui, c'est vrai...

— C'est vraiment si dangereux que ça ?

— En fait, uniquement si je me suis trompé dans mes estimations. »

Sarah s'agrippa au bras du Docteur et força celui-ci à s'arrêter.

« J'aimerais bien que vous cessiez de me répondre en l'air !

— D'accord..., fit le Docteur en la regardant droit dans les yeux. Les rayons cosmiques, c'est-à-dire des particules d'énergie chargées négativement, suivent les lignes de force magnétiques. Donc, si j'ai vu juste au sujet de la nature de l'Energie de la Spirale, je serai en mesure de l'épuiser complètement.

— Et si vous vous êtes trompé ? » répliqua Sarah avec un vague hochement de tête.

Le Docteur fit un large sourire.

« M'est-il déjà arrivé de me tromper ? »

Il lui lança un clin d'œil malicieux et disparut dans le corridor.

« Souvent, oui »..., dit Sarah, comme pour elle-même, et avec une lueur de tristesse dans les yeux.

Dans les ruines du temple, un personnage se glissa dans la chambre sacrificielle et s'approcha de la forme pourpre de Hieronymus, qui se tenait, telle une sentinelle, auprès de l'autel.

« Le bal masqué a débuté, annonça le Grand Prêtre. Dois-je ordonner à nos frères de prendre place ?

— Oui. Et qu'ils tuent tous ceux qui essaieront de s'échapper.

— Les autres sont à l'intérieur ?

— Loin des yeux indiscrets. Ils n'attendent plus que mon signal.

— Gloire à Demnos, fit le Grand Prêtre en s'inclinant.

— Et à Mandragore. »

Le Grand Prêtre s'inclina à nouveau, puis disparut parmi les ombres. Hieronymus le regarda partir et descendit ensuite les marches de l'autel d'un pas majestueux, pour s'évanouir par une sortie cachée.

Quelques instants plus tard, une tête de lion souriante se découpa contre une colonne et le Docteur apparut. Il jeta un rapide regard circulaire tout autour de la caverne afin de s'assurer qu'il était seul. Puis, ôtant sa tête de lion, il déroula le rouleau de fil de fer et se mit à gratter dans les débris qui entouraient le pied de l'autel.

Les salles d'apparat du palais étaient maintenant pleines d'invités et le bal masqué put enfin commencer. Les visiteurs de haut rang étaient aisément reconnaissables à leurs costumes somptueux et à leurs lots de courtisans qui plastronnaient et se pavanaient avec exagération autour d'eux. Chaque invité portait un masque ou un déguisement quelconque, et il y avait du badinage et de la raillerie dans l'air à chaque fois qu'un jeune galant essayait de reconnaître sa jolie partenaire.

Après une ou deux danses d'ouverture, les musiciens firent rouler leurs tambours. La grande porte à double battant s'ouvrit pour laisser entrer un bouffon à la tenue bariolée, qui avançait d'une démarche mal assurée, perché sur des échasses de bois. Des exclamations réjouies éclatèrent quand il se mit à vaciller au-dessus des nobles dames. Puis, tout en poussant un cri, le bouffon sauta de ses échasses et alla rouler sur une table à tréteaux. Là, il décrocha trois torches du mur et se mit à jongler avec elles.

Giuliano suivait le spectacle du haut de l'estrade d'honneur installée à l'autre bout de la salle, un léger sourire aux lèvres. Il faisait un effort considérable pour paraître calme et courtois envers ses visiteurs, mais toutes ses pensées étaient pour le drame qui se jouait à l'extérieur. Il saluait poliment le Duc et la Duchesse de Milan quand il aperçut Marco qui traversait la foule dans sa direction.

« Sire !

— Que se passe-t-il ?

— Des gardes viennent de me faire un rapport. Les frères... »

Giuliano fit taire son compagnon et l'attira à l'écart.

« Qu'ont-ils fait ?

— Ils se sont tous rassemblés autour du palais. Comme s'ils attendaient quelque chose.

— Quoi... un signal ? fit Giuliano, intrigué.

— Peut-être bien, répondit Marco en haussant les épaules. Ils sont juste là, à attendre dans l'ombre... »

Le Prince interrompit la conversation pour applaudir le jongleur.

« Hieronymus se trouve-t-il avec eux ?

— Non, personne ne l'a vu, sire.

— Cela ne me plaît guère, Marco, répliqua Giuliano en montrant la salle. Même nos invités sentent que quelque chose ne va pas. Ils sont trop calmes... »

Marco suivit son regard et constata que le Prince avait raison. Des petits groupes d'invités, les conseillers privés des suzerains en visite, murmuraient doucement entre eux en jetant des regards inquiets tout autour de la salle.

Marco prit le bras du jeune Duc dans un geste d'encouragement.

« Giuliano, ayez confiance. Nos murs sont épais et solides, et nos gardes bien entraînés. Personne dans le pays ne viendrait s'y frotter comme ça. C'est la seule chose dont nous puissions remercier votre oncle...

— Tu penses que nous n'avons rien à craindre ?

— Je pense que Hieronymus se rendra compte de son erreur bien avant l'aube. Lui et ses complices devront quitter San Martino pour exploiter d'autres que nous.

— J'espère que tu as raison », répondit Giuliano, sans trop y croire.

Il y eut un cri de stupéfaction de la part des invités agglutinés autour du jongleur lorsque celui-ci parvint au clou de son numéro, consistant à s'enfoncer une torche enflammée dans la bouche, apparemment sans se faire le moindre mal. Giuliano se redressa et amorça la vague d'applaudissements. Marco en fit autant, puis les deux hommes quittèrent l'estrade pour aller sur la piste de danse.

« Sire, reprit Marco, s'il le faut, nous pouvons tenir au moins un mois. Et les armées des Etats voisins nous auront délivrés bien avant !

Giuliano remercia son ami de son conseil. Il s'inclina ensuite devant une jolie jeune femme qui s'approchait. Elle portait une superbe robe de satin gris perle et un loup d'argent lui dissimulait les yeux. Giuliano fut particulièrement sensible à sa délicieuse nuque, à ses cheveux lustrés et se trouva fort attiré par cette mystérieuse inconnue.

« Avez-vous vu le Docteur ? demanda la jeune femme, et Giuliano comprit avec un choc qu'elle n'était autre que Sarah, la compagne du Docteur.

— Non, » répondit-il en s'efforçant de reprendre son calme.

Sarah ne semblait pas se rendre compte de l'effet qu'elle avait produit.

« Il devrait pourtant être là, dit-elle avec impatience. Il doit être presque neuf heures...

— Il était huit heures du soir quand je suis allé faire le tour de la garde, répondit Marco.

— Rien n'est plus insupportable que d'attendre comme ça sans savoir ce qui va arriver. C'est encore pire que d'être avec lui. »

Sarah parcourut la foule de danseurs mais le Docteur resta invisible. Au moment où elle atteignait le bord de la piste, un galant florentin s'avança et s'inclina vers elle.

« Qui, moi ? » répondit Sarah en regardant autour d'elle pour être sûre qu'il n'y avait pas erreur.

Le galant s'inclina à nouveau, cette fois encore plus bas.

Sarah haussa les épaules et lui prit la main. Le jeune homme tira Sarah en direction de la piste. Elle lança au passage un regard désespéré à Giuliano, regard qui fit sourire le charmant jeune Duc.

Pendant qu'elle tournoyait sur la piste de danse, Sarah revit soudain les masques hideux des artistes, immobiles aux coins de la salle. Le bouc, le bœuf et le clown... Et pour une raison inconnue, cette vision lui donna froid dans le dos.

Accroupi contre un angle de l'autel, le Docteur finissait son travail. Il fit courir le fil de fer tout autour du pied de l'autel, en contact avec celui-ci, afin de monter un circuit fermé. A partir de là, il avait tiré un certain nombre de « rayons » en direction des alentours de l'autel et avait camouflé le tout en se servant de la terre et des pierres qui couvraient le sol. Il fixa le reste du fil de fer à sa cotte de mailles, en laissant l'autre extrémité traîner sur le sol. Puis, satisfait de son installation, il s'appuya contre l'autel avec désinvolture pour s'épousseter les mains.

Il tournait le dos à la sortie secrète. Son instinct lui disait que Hieronymus reviendrait avant l'assaut final pour trouver force et détermination auprès de la pierre sacrée. Et le Docteur savait que c'était à ce moment-là qu'il lui faudrait attirer Hieronymus et l'Energie de la Spirale en un combat aussi mortel que décisif. Sinon, tout serait perdu.

Au bout de quelques minutes, il entendit un bruit de pas traversant les ruines et se dirigeant vers lui. Les muscles de son visage se crispèrent mais il conserva son attitude désinvolte.

« Tu es en train de profaner la pierre sacrée ! »

Le ton de la voix était menaçant et impitoyable.

Le Docteur se retourna, l'air dégagé.

« Salut ! Vous avez eu une sacrée journée dans les catacombes, hein ?

— Tu profanes la pierre sacrée !

— Allez, fit le Docteur en écartant les bras dans un geste apparemment amical. Vous savez qui je suis. Laissez tomber toutes ces blagues sur les pierres et les profanations. Contentez-vous d'être vous-même, c'est déjà bien assez affreux. »

Hieronymus s'immobilisa à cinq ou six mètres de lui. Dans les ténèbres de la caverne, les fentes oculaires de son masque ressemblaient à deux traits de feu.

« Que fais-tu là, Seigneur du Temps ?

— Eh bien, je crois que je n'avais pas le choix, répliqua le Docteur en noyant délibérément le poisson.

— Si cela n'avait pas été toi, d'autres voyageurs auraient été, de toute façon, attirés dans la Spirale de Mandragore. Car il fallait s'emparer de la Terre. (Les mains gantées de pourpre s'écartèrent et se crispèrent, telles des serres). Si on l'avait laissé faire, la curiosité de l'homme l'aurait poussé hors de sa planète, jusqu'à ce que la Galaxie elle-même ne lui suffise plus ! Et nous, les Mandragoriens, nous ne permettrons jamais qu'une puissance rivale s'installe dans notre domaine !

— C'est dommage, dit le Docteur, car je n'ai pas du tout l'intention de vous laisser vous mettre en travers de la destinée de l'homme...

— Arrogant imbécile ! s'écria Hieronymus en s'avançant d'un air menaçant. Comment oses-tu t'opposer à la puissance de Mandragore !

— J'ai bien peur que de veiller à la justice pour toutes les espèces de l'Univers fasse partie du boulot des Seigneurs du Temps...

— Alors, tu seras balayé comme le vulgaire immondice que tu es.

— Vraiment ? »

Le Docteur recula avec précaution. Il savait que Hieronymus pouvait pointer à tout moment son doigt vers lui et lâcher ses mortels projectiles. Il fallait donc qu'il soit placé correctement par rapport à lui.

Soudain, Hieronymus se rua vers lui, son horrible visage déformé illuminé par la force dévorante qui était en lui.

« Eh bien meurs ! » s'écria-t-il en levant son bras droit.

Un rayon d'énergie fusa sur le Docteur. Il y eut un éclair brillant et il ressentit une puissante secousse dans la poitrine, comme une violente décharge électrique. Il tituba en arrière mais retrouva vite son équilibre.

« Les Seigneurs du Temps ne meurent pas aussi facilement que ça », grinça-t-il entre ses dents.

Hieronymus s'approcha pour porter le coup final.

« Nous t'écraserons ! » lança-t-il alors qu'un deuxième rayon surgissait de ses doigts pour aller frapper le Docteur.

Celui-ci se tordit sous la douleur mais resta debout.

« On dirait que ça ne marche pas très bien, n'est-ce pas ? » réussit-il à dire avec un sourire moqueur.

Hieronymus émit un sifflement de rage et un autre coup de l'Energie de la Spirale percuta la poitrine du Docteur. Cette fois, la douleur fut insoutenable et il mit un genou à terre. La cotte de mailles avait absorbé la force de l'impact mais le métal était devenu si chaud qu'il brûlait la chair du Docteur. Il chercha à l'aveuglette le bout de fil de fer qui descendait jusqu'au sol, et découvrit qu'il était presque en fusion. S'il cassait, le Docteur ne serait plus « relié à la terre » et la décharge d'énergie suivante lui traverserait directement le corps, le transformant en un tas de cendres.

Le Docteur releva la tête et regarda Hieronymus. L'Energie de la Spirale était-elle vraiment en train de s'affaiblir ? Tout son pari reposait sur la supposition qu'il n'en existait qu'une quantité limitée chez chacun des frères de Demnos et qu'il suffirait de l'épuiser pour en venir à bout.

Hieronymus leva une troisième fois le bras et le pointa sur le Docteur.

« Meurs ! »

Un éclair bleu jaillit de ses doigts, mais cette fois, moins puissant que les précédents. L'impact secoua à peine le Docteur. Il se releva tant bien que mal et présenta sa poitrine à Hieronymus, qui s'était encore avancé. A ce moment-là, le Docteur sentit que son fil de terre venait de casser. Et voilà. Il allait devoir absorber lui-même l'impact du prochain rayon d'énergie... ou bien mourir.

« Viens donc ! » brava une dernière fois le Docteur.

Hieronymus leva les bras au ciel et cria d'une voix implorante :

« Mandragore ! Aide-moi ! »

Puis, dans une ultime tentative, il visa la poitrine du Docteur de ses doigts crochus en proférant un hurlement vengeur. Le Docteur ferma les yeux à la seconde où l'éclair bleuté traversa l'air dans sa direction.

CHAPITRE XII

L'ÉCLIPSE FINALE

La cité de San Martino était calme et déserte. Le fort clair de lune qui avait baigné jusque-là les étroites rues pavées de sa lumière argentée s'affaiblissait de plus en plus, au fur et à mesure que l'ombre gigantesque de la Terre grignotait le paysage lunaire. De temps à autre, l'écho lointain de la fête rebondissait sur les toits tandis que les douzaines de personnages noirs et encapuchonnés se pressaient contre les murs du palais... Des silhouettes silencieuses et immobiles dont la présence était annonciatrice de mort et de destruction.

A l'intérieur, le bal masqué battait son plein. Les invités paraissaient avoir oublié leur anxiété initiale et le vin coulait à flots. Sarah commençait même à maîtriser les danses compliquées de l'époque, surtout lorsqu'elle avait Giuliano pour partenaire. Mais, contrairement à Cendrillon, elle ne cessait de surveiller la pendule.

« Toujours pas vu le Docteur ? demanda-t-elle, le souffle court, à Giuliano, qui venait de l'inviter pour une nouvelle gavotte.

— Non, pas encore...

— Il est bientôt neuf heures. Il a dû lui arriver quelque chose.

— Il se peut qu'il soit déjà ici, dit Giuliano en lui pressant la main pour la rassurer. S'il porte son costume, nous...

— Il serait venu nous voir », répondit Sarah tout en opérant une gracieuse pirouette.

C'est à ce moment précis qu'elle aperçut une tête de lion qui la regardait depuis l'autre bout de la salle, en dessous de l'estrade. Elle se sépara de Giuliano pour se diriger immédiatement vers elle.

« Docteur ! Que vous est-il arrivé ? Où étiez-vous ? »

Le personnage déguisé lui fit un salut moqueur et s'enfuit derrière une colonne, puis dans l'antichambre la plus proche.

« Cessez de faire l'idiot ! lança-t-elle lorsqu'elle le rattrapa. Dites-moi ce qui est arrivé, bon sang ! »

Elle s'arrêta soudain et examina la tête de lion. Il y avait quelque chose qui n'allait pas. Une différence qui...

« Docteur, c'est vous... ? »

La tête de lion resta immobile, la gueule béant en une expression de moquerie. Sarah avança la main et arracha d'un coup le masque. Ce qu'elle découvrit alors lui causa un tel choc qu'elle se mit à hurler d'horreur. Il n'y avait ni visage ni tête, mais seulement une sphère de lumière chatoyante, encadrée par le capuchon des frères de Demnos.

Le personnage la repoussa sur le côté, puis se précipita dans la salle de bal. Grimpant sur l'estrade, il leva une main gantée au-dessus de l'assemblée des danseurs et cria :

« Tuez, mes frères ! Tuez-les tous ! »

La musique s'arrêta et il y eut un silence iréel,

146

pendant que chacun regardait autour de soi. Puis éclata un véritable pandémonium. Les gens se mirent à courir dans tous les sens en poussant des cris et des hurlements de peur. Mais, alors que la foule se bousculait et se battait pour trouver une porte de sortie, des personnages masqués qui s'étaient glissés parmi elle commencèrent à tirer des projectiles de feu. Le bouc, le bœuf et le clown souriant jetèrent leurs masques au loin pour révéler les capuchons familiers des frères de Demnos. Dépourvus de toute pitié, ils brandirent leurs doigts pour tirer aveuglément sur les corps hurlants qui les entouraient. Sarah vit son jeune cavalier florentin s'effondrer sur le sol. En l'espace de quelques secondes, l'air fut rempli d'une odeur de chair calcinée. D'autres frères apparurent alors dans la salle. Sarah comprit avec épouvante qu'ils avaient été introduits dans le palais par leurs complices et ce, à un signal donné. Un massacre total était imminent.

Soudain, une voix s'éleva par-dessus le vacarme :

« Arrêtez ! Mes frères, arrêtez ! »

Sarah se retourna d'un bond. Sur l'estrade, se tenait la silhouette imposante de Hieronymus, enveloppée dans son manteau pourpre et portant son masque d'or. L'astrologue étendit les bras au-dessus des invités terrifiés. Les frères se tournèrent vers lui, déroutés.

« Le sacrifice final doit avoir lieu au sein de notre temple ! Je vous ordonne d'emmener là-bas les victimes destinées à Mandragore ! »

Il y eut un instant de flottement. Puis, Sarah fut saisie par une poigne d'acier et poussée au centre de la salle avec les autres. Elle se retrouva à côté d'un Giuliano complètement abasourdi.

« Les frères de Demnos..., fit-il avec un hochement de tête lugubre. On s'est joué de nous. Nous avons été trahis !

— Silence ! jeta Hieronymus. Descendez, tous ! »

Les invités furent promptement cernés par les frères, lesquels les obligèrent à quitter le palais, en file indienne, et à se diriger, dans la nuit, vers le temple. Tout en trébuchant sur les pavés, Sarah se demanda avec désespoir ce qu'il était advenu du Docteur. Elle avait beau tenter d'entretenir un espoir impossible, elle savait qu'il ne pouvait maintenant qu'être mort.

La troupe des captifs effrayés et ahuris fut poussée sans ménagement au travers des rues, puis dans les sombres corridors des catacombes. Dès qu'ils se retrouvèrent dans la caverne, les prisonniers furent ligotés avec de solides cordes et regroupés en cercle à une quinzaine de mètres de l'autel. Sarah compta une vingtaine de têtes couronnées et de nobles parmi les captifs, ainsi qu'un grand nombre de courtisans des deux sexes. Les femmes se serraient les unes contre les autres, pleurant et gémissant, leurs beaux costumes souillés et déchirés par le trajet. Giuliano et Marco furent attachés ensemble. Sarah, quant à elle, se retrouva non loin d'eux. Elle songea que le jeune Duc avait l'air défait et désespéré. Mais son visage n'exprimait que ce que tous ressentaient.

Les frères avaient formé un cercle autour de l'autel, tel un anneau de monstres sardoniques surgis de l'enfer. La silhouette majestueuse de

Hieronymus surgit alors de l'ombre. Le devin gravit les marches de l'autel et leva les bras très haut.

« L'éclipse ! murmura Sarah. Elle a dû commencer...

— Maintenant, Mandragore engloutit la lune, retentit la voix de Hieronymus dans la caverne. Et il est désormais écrit que la puissance de Mandragore submergera la Terre ! »

Un crissement effrayant se propagea tout autour d'eux et Sarah sentit un vent froid jouer avec ses cheveux. L'atmosphère devint étrange, mystérieuse, diabolique. Les parois fissurées et déchiquetées de la caverne se mirent à miroiter et une lueur bizarre naquit à leur surface. Elle s'amplifia graduellement jusqu'à ce que les contours d'un temple romain fantomatique soient visibles. Au même moment s'ajouta au bruit effrayant un gémissement suraigu qui couvrit presque la voix de Hieronymus.

« Mandragore, nous, tes serviteurs, te souhaitons la bienvenue ! Accorde-nous ta force afin que nous puissions régner sur ton domaine tout entier ! »

Le vacarme devint insoutenable. Sarah et tous les autres captifs se pressèrent les uns contre les autres pour tenter d'échapper au gémissement assourdissant.

Une sphère de lumière brillante parut alors descendre de la voûte du temple. Elle plana un bref instant au-dessus de l'autel, puis, lentement, elle pénétra à l'intérieur de la dalle de marbre, lui donnant immédiatement la couleur du métal chauffé à blanc.

Hieronymus baissa les bras et désigna le cœur de l'autel. Les frères l'imitèrent. Un bourdonnement se produisit. Et soudain, d'énormes flammes bleues jaillirent de l'autel en direction des doigts pointés des frères. A cet instant précis, Hieronymus sauta en bas des marches de l'autel pour s'enfuir au loin. Mais tous les frères restèrent enracinés au sol, chacun d'entre eux se transformant en une espèce de brandon lumineux irradiant l'Energie de la Spirale. Les personnages encapuchonnés hurlèrent de douleur et de peur, sans pouvoir pour autant échapper à la force qui les rivait au sol. Leurs manteaux s'enflammèrent. Sous leurs pieds surgit une nappe de flammes qui s'étendit à toute vitesse en direction de la base de l'autel. Et lorsque le circuit fut bouclé, il se produisit un éclair aveuglant, suivi d'une explosion assourdissante. Sarah, et tous ceux qui l'entouraient, furent projetés au sol.

Lorsqu'elle se remit du choc, le bruit, ainsi que l'apparition spectrale, avaient disparu. Il ne restait plus que la dalle, encore fumante, où elle avait été attachée, peu de temps auparavant. Des frères, il ne subsistait rien. Tous avaient péri sur place et il ne restait plus sur le sol que des tas de vêtements vides formant un cercle autour de l'autel.

Hieronymus remonta les marches de l'autel et ôta son masque. Le visage souriant du Docteur apparut alors.

« Docteur ! » hoqueta Sarah, incapable d'en croire ses yeux.

Le Docteur rabattit son capuchon pourpre et contempla les restes des frères de Demnos.

« Je suis moi-même forcé d'admettre que j'ai été particulièrement brillant », déclara-t-il, l'air ravi.

Puis il prit son souffle et imita à la perfection la voix basse et grinçante de Hieronymus.

« Un exemple d'énergie élevée au carré. Et qui a replacé Mandragore à la case départ... »

Sarah le dévisageait, muette d'émerveillement. Giuliano et Marco étaient abasourdis.

« Bon, reprit le Docteur avec un brin d'impatience, vous n'allez pas rester plantés comme ça tout la nuit. Je suis prêt à accepter vos félicitations... (Il fit alors un clin d'œil à Giuliano.) Et j'avoue que je ne dirais pas non à un sandwich au salami. »

Le lendemain, le Docteur et Sarah chevauchaient jusqu'au vignoble dans lequel le TARDIS avait atterri. Si Sarah était toujours engourdie par les événements de la nuit précédente, du moins avait-elle réussi à se faire expliquer ce qui s'était passé par le Docteur. Les talents d'imitateur de ce dernier étaient évidents. Elle avait oublié combien il était doué pour ce genre d'exercices. En revanche, sa confrontation avec Hieronymus, avait été une autre affaire... Le Docteur lui avait expliqué comment il s'y était pris pour résister au dernier assaut désespéré de l'astrologue. Dès qu'elle eût été vidée de toute énergie, la forme de Hieronymus disparut purement et simplement, comme celles des frères, un peu plus tard. Le Docteur n'avait fait que lui emprunter son costume pour entraîner les frères à leur perte.

Pendant qu'ils traversaient les champs, accompagnés par Giuliano et son valet de pied, Sarah ressentit une profonde envie de rester. Après cette terrible épreuve, le peuple de San Martino avait besoin qu'on s'occupe de lui et Sarah aurait voulu partager cette tâche avec Giuliano. Mais elle savait que le Docteur ne comprendrait pas. Il l'avait déjà taquinée plus d'une fois à propos du séduisant jeune duc. De plus, il montrait déjà des signes d'impatience et il valait mieux ne pas le contrarier quand il était de cette humeur.

151

Le petit groupe atteignit la clairière proche du TARDIS. Ils descendirent de leurs montures. Le Docteur partit en avant pour inspecter son engin et revint quelques minutes plus tard, le sourire aux lèvres.

« Dieu merci, il est toujours là ! (Il mordit dans un énorme sandwich au salami.) Excellent, Giuliano, dit-il, la bouche pleine. Merci bien.

— C'est nous qui devons vous remercier, Docteur, répondit le jeune Duc en s'inclinant. Vous ne voulez vraiment pas changer d'avis ?

— Non. Il nous faut partir, n'est-ce pas, Sarah ? »

Sarah posa sur Giuliano un regard qui en disait long.

« Vous auriez pu nous apprendre tant de choses..., fit le jeune homme en lui prenant la main.

— Tout arrivera en temps voulu, répondit le Docteur sur un ton léger. La seule chose que vous avez à faire est de garder l'esprit ouvert », ajouta-t-il en serrant la main de Giuliano, avant de se diriger vers le TARDIS.

Sarah se mordit les lèvres. Le Docteur était toujours pareil lorsque arrivait l'heure des adieux : totalement dépourvu de sentiment et de romantisme...

« Venez, Sarah ! » appela-t-il au moment où il atteignit la porte du TARDIS.

Sarah se tourna vers Giulinao.

« Au revoir Giuliano », dit-elle en l'embrassant doucement sur la joue.

Le Duc suivit la silhouette agile qui se hâtait de rejoindre le Docteur. Sarah portait toujours la robe de satin qu'elle avait choisie pour le bal et un chignon retenait ses cheveux. Elle se retourna avant d'atteindre le TARDIS et lui fit un grand signe de la main. Il lui répondit et hocha la tête avec tristesse. Il n'existait pas de jeunes filles comparables à celle-ci à San Martino. Et il n'y en aurait sans doute jamais...

Sarah rattrapa le Docteur.

« Alors, je n'aurais donc pas rencontré Léonard de Vinci..., fit-il en cherchant les clés du TARDIS. Mais peut-être est-ce mieux car il aurait fallu que je lui dise que ses plans ne permettent pas de réaliser le sous-marin. »

Mais Sarah ne l'écoutait pas.

« Pauvre Giuliano ! dit-elle. Il a l'air si triste. Pensez-vous qu'il aura encore des problèmes avec Mandragore ? »

Le Docteur s'arrêta sur le seuil du TARDIS.

« Lui, non. Mais la Terre, oui. La Spirale se retrouvera en position favorable dans cinq cents ans...

— Cinq cents ans ? Mais ça nous mène... (Sarah fit un rapide calcul)... juste à la fin du xxᵉ siècle ! »

Le Docteur acquiesça et disparut à l'intérieur du TARDIS. Sarah haussa les épaules, fit un dernier signe à Giuliano et le suivit. La porte se referma derrière elle.

A une vingtaine de mètres de là, Giuliano ouvrit de grands yeux lorsque l'étrange cabine bleue commença à émettre un bruit ressemblant au gémissement d'un animal blessé. Au même instant, la petite lumière blanche fixée à son sommet se mit à clignoter. Puis tout l'engin commença à se dissoudre dans l'air sous ses yeux.

Le valet dut lutter pour calmer les chevaux lorsque Giuliano courut examiner le sol, là où s'était trouvé le TARDIS. Il n'en découvrit aucune trace, comme si rien n'avait existé. Le jeune Duc jeta un regard au ciel, intrigué mais pas du tout effrayé.

« Il y a une explication pour toute chose, se dit-il en lui-même. Y compris pour cela. Et je suis sûr que la science arrivera un jour à l'expliquer parfaitement... »

TABLE DES MATIÈRES

I.	La spirale de Mandragore	9
II.	Les Frères de Demnos	20
III.	Une exécution	33
IV.	Le sacrifice	44
V.	Le Prince doit mourir	57
VI.	Le secret du Temple	65
VII.	L'appel du mal	74
VIII.	Torture !	89
IX.	Le début de l'invasion	105
X.	Le siège	117
XI.	Un duel à mort	133
XII.	L'éclipse finale	145